In 11 Tagen zur perfekten Story

Immer wieder verschwinden Menschen spurlos, nachdem sie zuletzt an Raststätten entlang der A45 gesehen wurden. Welches Geheimnis verbindet sie? Wird es dem Kommissar gelingen, das Rätsel der Todesautobahn zu lösen?

I'm afraid, he would prefer not to …

Jolifanto bambla! (Hugo Ball)

Endlich Starke Frauen! (Gerda)

Was für ein irrer Kommissar! Die „Tatort"-ErmittlerInnen mit ihren wohlfeilen Mainstream-Marotten dürfen sich warm anziehen (Der Hooligan)

Lutz Herrschaft

In 11 Tagen zur perfekten Story

Roman

Books on Demand

Bibliografische Information der Deutschen
Nationalbibliothek:
Die Deutsche Nationalbibliothek verzeichnet diese
Publikation in der Deutschen Nationalbibliografie,
detaillierte bibliografische Daten sind im Internet über
http://dnb.dnb.de abrufbar.

© 2016 Lutz Herrschaft
© Cover-Illustration: Ilona Lesnaya
Herstellung und Verlag:
BOD – Books on Demand, Norderstedt
ISBN 978-3-8391-3861-8

Посвящается Илоне

Inhalt

30. April 1982
Prolog

<u>Nachrichtenwelt</u>

Im schottischen Faslane-on-Clyde läuft ein U-Boot der Cromwell-Klasse, HMS „Strangler", aus und nimmt Kurs auf den Südatlantik. An Bord sechzehn „Polaris"-Mittelstreckenraketen, mit insgesamt achtundvierzig nuklearen Sprengköpfen bestückt. Acht Raketen für Mendoza, acht für Cordoba. Die nukleare Option gilt der britischen Regierung als ultima ratio – für den Fall einer kritischen Entwicklung des Falklandkriegs.

<u>Lebenswelt</u>

Das Land ist schwarz. Irina sitzt auf der Bank vor der Hexenkapelle und hat, wie man so sagt, ihr Leben vor sich.

Nachdem ihre Mutter ihr die Zukunft eines Stücks Dreck skizziert hat (in der üblichen Manier, also beiläufig, pointiert, rotzbesoffen), ist Irina den Berg hochgerannt, zur Kapelle. Dort läßt es sich nachdenken, zum Beispiel über den Incubus. Sie hat dieses Wort aufgeschnappt, versteht es nicht, sie ist Dreizehn, aber mit dem Wort könnte dieses Dings gemeint sein, das dahinten, beim Fernwalderhof, Geräusche macht. Vielleicht ist das gar kein Kettenhund.

<u>Kommissarwelt</u>

Eines dieser Dreckskäffer in Nordrhein-Westfalen, es

7

könnte Bochum sein, Duisburg oder Ruhrstadt. Wo auch immer die Wichser ihre Auswärtsspiele austragen – der Kommissar und seine Leute sind da. Vor Tagen haben sie das Stadionumfeld gründlich erkundet.

Lebenswelt

Der Hund, ruhig atmend, sein Fell unter Irinas nackten Waden. Ein Freund in der Nacht, die Nacht ist ein Freund, das Land weit und still. Menschen gehen nicht zur Hexenkapelle, aber die Tiere wissen nichts davon.

Kommissarwelt

Die Wichser stehen rum und warten, sie kennen sich nicht aus. Der Kommissar hat einen Totschläger dabei und eine mit Benzin gefüllte Wasserflasche, die Kumpels haben Schottersteine organisiert. Der Kommissar hasst sein Zittern, es ist nicht Angst, es ist der nahende Kontrollverlust, ein biochemischer Scheiß geht in ihm vor, er hat Bilder im Kopf von Männern, die ohne Zorn und Eifer den Menschen das ihnen Gemäße zuteilen, vielleicht mit einem sanften Kopfschütteln, er weiß, daß er das nie lernen wird, er kann Kampf nur als Raserei, oft muß er vor Wut heulen, während er zuschlägt. Doch er gilt als „Guter" und hat Befehlsgewalt. Er wirft einen Kanonenschlag in die Wichser, seine Kumpels skandieren *An-ti-so-zial! An-ti-so-zial!* und lassen es Steine regnen. Es wird ein großer Tag (Lost the game, won the fight, hope it's on the box tonight). Der Kommissar verbrennt Schals, tritt in Wichserschädel, zündet einen

Streifenwagen an, weswegen ihn die Kumpels seit diesem Spieltag „Kommissar" nennen. Irgendwie schaffen sie es auf die Autobahn.

Lebenswelt

Einer tritt den Hund, der schreit, und die Nacht ist eine Garotte. Die Männer reden auf Irina ein. Der eine sitzt neben ihr, der andere steht zunächst hinter ihr und stützt sich auf die Lehne. Irina ruft ein Klangbild ab, ein Stück Klaviermusik, sie hat es bei einem Schulfreund gehört, dissonante Akkorde wie Faustschläge. Einer drückt ihr den Zeigefinger in den Mund, er schmeckt bitter. Sie ruft weitere Akkorde ab, der Vortrieb eines Bergbauhammers in Endlosschleife, das Stück heißt „Unstern", sie sieht die Zukunft der Männer, mit dem ganzen Familiendreck. Die gefällige Zukunft, wie sie unter dem Hammer zu einem Blutbrei wird.

30. April 2010
Leute resignieren

Nachrichtenwelt

Auf dem Brocken feiern Neonazis und Feministinnen gemeinsam die Walpurgisnacht; die Rechtsradikalen geben sich als Anhänger alternativer Heilmethoden aus. Gegen ein Uhr löst die Polizei die Versammlung auf; verstörte Teilnehmerinnen hatten angerufen und berichtet, daß in mehreren Reden Heinrich Himmler gerühmt worden sei, da dieser auf die Bedeutung der heilkundigen "weisen Frauen" hingewiesen habe, um dem Kulturkampf gegen die patriarchalischen und somit ipso facto repressiven Strukturen der katholischen Kirche neue Impulse zu geben – im Sinne eines völkischen Feminismus und der Geschlechtersolidarität.

Lebenswelt

Cleo und Ludwig sitzen vor dem Angelteich, es ist eine mondhelle, verfrühte Sommernacht. Sie sind froh, dem Fröhlichkeitsterror der Dörfer entkommen zu sein, wo junge Männer Türen aushängen, Autos mit Leim oder Senf beschmieren und andere Scheiße, Brauchtum genannt, besser: gelallt, rund um die blöden Feuer. Am Teich Stille wie im Schachtelhalmwald, über das Wasser segelt eine Riesenlibelle, Flügelspannweite ein Meter achtzig.
Ludwig ist 25 und hat Frau und Kinder verlassen, schließlich waren sie Cleo im Weg. Sie hat das nicht verlangt, erinnert er sich, ruft es sich zum wiederholten Mal ins Gedächtnis, sie hat mir sogar

davon abgeraten. Doch es war richtig. Sie hat mich alles gelehrt, was ich über das Leben und die Menschen weiß. Sie hat mich Respekt gelehrt.

Daß du dich für nichts Besonderes hältst, hebt dich aus dem Dreck raus, sagt Cleo. Nach zwei Stunden die ersten Wörter am Teich. Du willst nichts sein, du hast eine naturgegebene Güte wie ein, versteh es nicht falsch, sanftes Tier, du hast gute Augen. Ich mach dich kaputt. Bitte hau ab.

Cleo hat viel erlebt, denkt Ludwig. Und daher weiß sie viele Dinge über die Menschen, aber sie redet nicht einfach daher, sie gibt mir diese Dinge zu verstehen. Es ist sehr schön, wenn sie in die Ferne schaut. Vielleicht denkt sie dabei nichts, aber ich denk mir was. Über die Angeberei auf der Arbeit und im Verein, Urlaub, Kommunion, Goldene Hochzeit, über die Menschen mit ihrem Gitter, das sie übers Leben legen. Diese Typen immerzu, es muß aufhören. Zwei Landkreise stehen Schlange, um Cleo zu ficken. Es ekelt mich an. Ich geh mit ihr weg, in einer großen Stadt reden sie nicht blöd über einen Mann mit einer 15 Jahre älteren Frau. Und beurteilen Cleo als Mensch, nicht als ein Dings, von dem es heißt: Na, du weißt schon.

Kommissarwelt

Mein Bullauge unter dem Dach lädt zu Präzisionsschüssen geradezu ein, denkt der Kommissar und beobachtet den glatzköpfigen Mann gegenüber, der sich aufs Geländer seines Balkons stützt. Der Kerl lebt auf dem Balkon, er lebt von Zigarettenrauch, der nährt ihn, wohingegen ihm der Kindergeruch drinnen eher nicht zu bekommen scheint. Der Kommissar tippt mit dem rechten Zeigefinger ein weiteres Fragment des Projekts „Wiedergewinnung" in das von ihm „Dreckslaptop" genannte Dings. Warum nicht mal ein Gedicht oder ein songtext, die Reflexion auf Dauerfeuer zu stellen bringt ja nichts, sie sollte Insel bleiben, Insel in dicker, dunkler Sprachsauce. Insel im ... Leeeben!! (der Kommissar tremoliert das Wort "Leben" in der albernen Intonation des alternden Barden Konstantin Wecker vor sich hin und bekommt gute Laune).

Chapel of blood
the raging winds won't find you
red, white and black
worth hating
be a carcass, nailed into the dark

Black sun, blind me
rip the web of light, we're captured
enlightened forever
be my cure, black sun

House in a tree
bear a child, smash it on a tree
red, white and black
worth killing
dogs of war in green pastures

Black sun, blind me
rip the web of light, we're captured
enlightened forever
be my cure, black sun

City of dreams
slag, liana, butchers hooks
red, white and black
worth despising
you're broke on the wheel of sun

Black sun, blind me
rip the web of light, we're captured
enlightened forever
be my cure, black sun

Lebenswelt

Aber es kotzt mich schon auch an, sagt Cleo, das haben gutartige Tiere wohl so an sich, daß sie einen irgendwann ankotzen. Irgendwann langweilen sich die Menschen und schlagen ihre Esel, ihre Maultiere, weil diese stummfreundliche Dienstbereitschaft, diese Sanftheitsinseln im Nichts plötzlich grell, obszön aufscheinen. Man will nur noch draufschlagen. Laß mich in Ruhe, wann kapierst du's endlich. Wenn ich einem besoffenen Arschloch von Anwalt in seinem Scheißauto einen blas – was geht's dich an? Es wird nix, geh heim zu Mutti und deinen blöden Gören. Könnt ihr auch wieder ins Fantasialand fahren und den neuen Van abstottern, ist ein Stück Lebensqualität.

Ludwig kennt diese Wutausbrüche, bildet sich ein, an ihnen gewachsen zu sein. Mit Cleo ist etwas passiert, das weiß er, er glaubt auch zu wissen, was, und er hat ja auch entsprechend gehandelt. Und eben deshalb fällt ihm jetzt nichts mehr ein.

Warum jetzt? Warum ist mir bei dreihundert vergleichbaren Ausbrüchen etwas eingefallen, jetzt aber nicht? Er muß an einen Film denken, im Kinopalast der regionalen Metropole, mit Cleo. Der Blick eines Befehlshabers, dessen Truppen rebellieren und Zivilisten erschießen. Dieser Blick, als der Mann sagt: Ich muß versuchen, das Morden zu beenden. Ein unendlich müder, sanfter Tierblick. Der Mann steht auf, tritt entschlossen vor seine Kommandantur und wird sofort von den Marodeuren erschossen. Ludwig steht auf und will etwas sagen, doch dann erinnert er sich, daß Cleo ihn gelehrt hat, nicht lauthals und bedeutsam daherzureden, wenn man nicht auch für alle, das heißt: alle Konsequenzen aufzukommen bereit ist. Also auch für die, die einen nicht selbst betreffen. Statt etwas zu sagen, beschließt er, ins Eisen zu gehen.

Kommissarwelt

Also songtext, denkt der Kommissar, na ja, bißchen gruftiemäßig, und schaut in die giftrote Sonne, der Nachbarsbalkon ins Schwarz getaucht, ausgelöscht. My bullauge is westbound, kalauert er leise vor sich hin und schaltet Dreckslaptop aus.

Es ist dilettantisch, was ich mache, es sind fünf Menschen verschwunden, ich leite eine Sonderkommission, die seit Jahren ihre Ratlosigkeit verwaltet. Ich trete öffentlich auf, verwende öffentliche Sprache und schäme mich vor den Angehörigen. Vielleicht sollte ich durchsickern lassen, daß ich diese und andere Scheiße nur deshalb noch ertragen und weiter funktionieren kann, weil ich diesen Mist in Dreckslaptop hacke, das würde m-e-ns-c-h-l-i-c-h wirken und ... ach laß doch deinen Zynismus von der Stange, brabbelt der Kommissar halblaut vor sich hin, und versucht, einen weiteren Grauburgunder zu entkorken. Es braucht eine Zeit, bis er die dumpfen Schläge wahrnimmt, ja, da hämmert jemand. So spät noch.

Als er draußen nachschauen will, stellt er fest, daß irgendwelche Trottel seine Haustür zugenagelt haben.

3. Mai 1991
Because you're young

<u>Nachrichtenwelt</u>

Die thüringische Gemeinde Werderoda und das oberfränkische Töglitz gründen einen gemeinsamen Schützenverein. Schirmherr ist der Staatssekretär des bayerischen Kultusministeriums.

<u>Lebenswelt</u>

Vor der Immatrikulationsanstalt findet Irina Platz auf einem Mäuerchen, dreht sich eine Zigarette und zündet sie an. Genau genommen hat Irina zwei Plätze gefunden, es jedoch versäumt, daraus einen zu machen. Da sie ihren Hintern zu nah an eine unbekannte Kommilitonin plaziert hat, setzt sich ein zotteliger Jungmann neben Irina. Er macht keine großen Umstände und gibt sich durch Akzent und Begehr sofort als Ami zu erkennen. Wanna talk? I wanna talk about Jesus! Jesus? What a disgrace, the man's name is Brian, you oughta know that, for fuck's sake, sagt Irina und rennt weg von der Anstalt, über eine rote Ampel, es ist ziemlich knapp und wird von Gehupe und dem unvermeidlichen "Du ... " aus offenen Autofenstern begleitet (in Autos ist man mit jedem per Du, hat mal einer geschrieben), sie setzt sich auf eine Grünanlagenbank, raucht weiter und schreibt auf einen Zettel Wörter, die in den anstehenden Jahren vermutlich mehrfach ihre Bedeutung ändern werden. Seele (Scheißdreck), Bewußtsein (trübungsanfällig), Störung (Konstrukt),

Familie (Geburt der Gewohnheit aus dem Geist des Gemetzels).

Gesellschaft, wie wäre es damit, sagt eine Frauenstimme, und schon wieder hat Irina einen fremden Hintern neben sich.

Hi, ich bin Cleo, stellt sich die Frau vor. Hab dich eben vor der Uni gesehen, hast dich gerade eingeschrieben, oder?

Nee, ich hab meine Stütze abgeholt, und meine Ration Doppelkorn; den hab ich aber schon auf dem Klo gesoffen. Kann dir nicht weiterhelfen, Schwester.

Ich kauf uns zwei neue. Geiler Iro übrigens, sieht man ja heute kaum noch. Wie heißt du eigentlich?

Brunhild, sagt Irina. Zweitname Chloe - oder Chole?

Ach nee, Cholera, irgendso ein Parfumdings halt.

Machst du auch Psycho, fragt Cleo.

Du nervst, Schwester. Es heißt Psy-cho-lo-gie, der logos von der psyche, das ist nix, wofür man sich schämen und wovon man sich durch einen zwanghaft gelassenen Jargon distanzieren müßte.

Jetzt hält sie die Schnauze, mal sehen, wie lange, denkt Irina, die bislang in die Grünanlage geschaut hat. Nun scannt sie Cleo aus dem Augenwinkel. Kein böses Gesicht, gute Augen. Geht fürs erste als arglose Natur durch.

Ich schäme mich überhaupt nicht für mein Studienfach, das wäre ja komplett blöd, ein Fach unter zig verschiedenen frei zu wählen, obwohl oder am Ende noch weil man sich dafür schämt. Wenn mir nichts anderes übrig bliebe als Klos zu reinigen, könnte ich mich eventuell schämen, aber selbst das wäre doch blöd, weil es muß ja einer tun und viel eher sollten sich die schämen, die so eine Klofrau von oben herab ...

Ist ja gut, Schwester. War nicht so gemeint, war gar nicht gemeint. Wir reden einfach, oder?

Cleo erkundigt sich nach Irinas Alter; zwar habe sie, Brunhild, sich heute immatrikuliert, wirke aber nicht wie Achtzehn oder Neunzehn. Sie habe sicher ein paar Jahre gejobbt. Na, ich kann mich beherrschen, sagt Irina. Jobben, was ne Scheiße. Nee, man kann seine Zeit auch anders totschlagen. Mit Zeug zum Beispiel, ist ein Philosophenwort.

In der öffentlichen Grünanklage (geiler Kalauer, denkt Irina) wird es lebendig. Zwei ältliche Frauen, Hautlappen unter dem Kinn, verhauene Figur (Körpermittenfett zwischen ausgelaufenen Titten und Fladenarsch), böse Augen unter Brillen Marke Scheißegal, führen ihre Rudel zusammen. Jede beaufsichtigt sieben oder acht Köter, je mehr von den Viechern, desto artgerechter, das trägt man seit einiger Zeit, das haben die aus der Glotze, denkt Irina, seid gut zu euren Kötern, sonst hauen die euch auch noch ab, obwohl ihr sie gerade erst aus Kreta oder Teneriffa befreit habt (früher habt ihr eure Stecher aus Gambia oder Tunesien befreit, ihr öden Fotzen). Frauen, die Prosecco trinken, lachen wild und gefährlich, das Viehzeug plärrt, gauzt und scheißt, daß es eine Lust ist. Irina murmelt unphilosophisches Zeug und steht auf.

Wart mal, Brunhild, wart mal kurz, ich würd gern mit dir saufen, Doppelkorn steht ja noch aus, heute abend um neun zum Beispiel, da gibt's eine Immatrikelparty in der Franconia.

Franconia klingt scheiße, was ist das? Eine Kneipe? Eine Disco?

So ähnlich, auf jeden Fall gute Leute.

Was heißt so ähnlich? Was ist denn so ähnlich wie eine Kneipe oder Scheißdisco?

Ist ne ... Verbindung. Aber keine von den ... du weißt schon. Die sind in Ordnung. Gute Typen, guter Alk. Sogar dope, die sind nicht so.

Verbindung? Telefonkontakt oder was? Mit Alk und dope? *Wie* sind die nicht?

Sag mal, weißt du wirklich nicht, was eine Verbindung ist? Eine Studentenverbindung?

Was ist es denn?

Ja ... nicht leicht zu erklären, wenn man das noch nie gehört hat. Erstmal ist es ... Tradition, manche dieser Verbindungen stammen aus dem 19. Jahrhundert. Achtzehnhundertirgendwas, eine Revolution, daher kommt das glaub ich.

Scheiß drauf. Was noch?

Für manche ist das so eine Art Ersatzfamilie ...

Fuck.

Ach komm, es geht wirklich nur um Spaß haben, Leute kennenlernen, sind auch ein paar ganz hübsche Kerlchen dabei. Du bist doch neu hier, sieh's doch pragmatisch.

Ich hasse fremde Männer.

Die sind ja nur kurz fremd. Wenn's dich beruhigt: es sind auch genug Frauen da.

Wie die wirbt, fast bettelt, denkt Irina. Um jemanden von einer Parkbank. Aber es hat etwas freundliches, kindliches. Spiel mit mir! Diese Cleo geht weiterhin als arglose Natur durch, bis zum Beweis des Gegenteils.

Wo findet sie denn statt, diese Verbindung?

Schmidtstraße 11, das ist auf dem Hügel dahinten, der mit den vielen Villen, direkt neben dem Botanischen Garten.

Mal sehen. Schönen Tag noch, Schwester. Und denk dran: Es heißt Psychologie.

Irina rennt in Richtung Straße, sie will schnell zu ihrem Fahrrad, das sie vor der Immatrikulationsanstalt abgestellt hat. Da huschen drei Hündchen über den Weg und Irina stürzt über drei Langlaufleinen, die sich plötzlich, kaum sichtbaren Stolperdrähten gleich, zwischen den Bäumen aufspannen. Irina verheddert sich in den Leinen, was ein erhebliches Geplärre zur Folge hat. Von allen Seiten kommen jetzt Hunde, zwei brüchige Altstimmen scheinen die Tierflut in eine Art Diskussion verwickeln zu wollen. Ficktölen, sagt Irina und befreit sich aus dem Knäuel.

Wie reden Sie mit meinen Hunden?

Ein Wort noch und es gibt auf die Fresse.

Irina geht weiter. Seit ich die Menschen kenne, liebe ich die Tiere, sagt die eine Hundefreundin zur anderen, woraufhin diese wissenden Blickes nickt.

Irina fährt in ihr Dorf. Natürlich ist es nicht "ihr" Dorf, sie wohnt erst seit zwei Wochen dort und hat ihr früheres Leben rund 300 Kilometer weiter nördlich verbracht, in einem anderen Dorf. Das neue Dorf hat Irina sofort überzeugt. Es gibt die gleichen inzestuösen Schläger und Säufer wie daheim (zumindest ist das eine vernünftige Hypothese, es gibt ja keinen Grund, andere Strukturen zu unterstellen, nur, weil das hier kein Bauern-, sondern ein Maurerdorf ist), doch diese Leute rühren ihren Dorfbrei offenbar nach einem anderen Rezept an, die wichtigste Zutat scheint eine Art Grundfreundlichkeit zu sein, was an den nahen Weinbergen liegen könnte, es gibt sogar einen Hobbywinzer im Dorf, hauptberuflich ist er Maurer. Die Leute grüßen Irina, bieten ihr an, sie in die Stadt zu fahren (so ein verregneter Frühling, das hat es ja schon lang nicht mehr gegeben, und Ihre, nun ja, aufwendige Frisur ... nein, das mit dem Fahrrad ist keine gute Idee, ich bring Sie zur Uni), kurzum, Irina fühlt sich wohl. Sie wohnt bei einem alten Ehepaar, eine Zweizimmerwohnung im Erdgeschoß, im oberen Stockwerk leben die Vermieter. Sie sind sehr christlich und von einer gelassenen, oft verschmitzten Gleichgültigkeit. Gegenüber Irinas Optik, ihren Ansichten, gegenüber der Welt. Sie müssen sich keine jungen Menschen ins Haus holen, es gibt genügend Kinder, Enkel und Urenkel. Diese toben an den Wochenenden durchs Obergeschoß, was bei Irina als eine Art rollender Donner ankommt. Da die Familie den Namen Rind trägt, nennt Irina den Donner der Rinderkinder "Stampede". Der Mietpreis ist ein Witz; 250 Mark für 50 Quadratmeter. Beim Vorstellungsgespräch hatte Irina gefragt, ob es möglich sei, nur eines der beiden Zimmer zu mieten, woraufhin Herr Rind sagte: Dann zahlen Sie halt 150 Mark weniger, dann wird es doch gehen. Sie brauchen doch Platz zum Lernen, und sie wollen doch sicher auch mal ihre Freunde einladen.

Sie steht vor dem Spiegel. Der Iro nervt. Nicht, weil er anachronistisch, sondern pflegebedürftig ist wie ein kleines krankes Tier. Ein filigraner Federbusch wie auf Römerhelmen oder Wattie Buchans Soldatenschädel. Keine schwarzen Dornen, kein beschissenes Gothiczeugs, dafür hoffnungsgrün, steif, an den Spitzen flaumweich. Das macht Arbeit, und Irina denkt schon länger darüber nach, ob ein feather cut nach Art der skinhead renees nicht einfacher wäre, zudem genauso anachronistisch wie der Iro, das Image aber noch mehr *antisocial* ...

Es ist okay, denkt sie, die um einen Anker gewundene Meerjungfrau und das von einem Pfeil namens Herbert durchbohrte Herz auf ihrem linken Oberarm haben im Lauf der Jahre eine schimmelartige Tönung angenommen, genau richtig, es soll schlicht und billig aussehen, wie in einer Hafenkneipe nach dem Krieg, wie eine Blutvergiftung, hatte sie dem Tätowierer gesagt, einem Nichtsnutz, jetzt Künstler, der anderen prätentiösen Würstchen Frank-Frazetta-Scheiße oder bedeutungsschwangere Arabesken irgendwohin stach, weil plötzlich alle Würstchen der Republik beschlossen hatten, wer zu sein. Wenn ich Kohle habe, laß ich mir die Titten verkleinern, denkt Irina. Sonst ist es okay. Grüne Augen, nicht zu groß, gerade Nase, die das Gesicht weder erschlägt noch ironisiert (ist selten bei Frauen), kein fetter Arsch, keine Wampe, ein Meter siebzig. Es ist okay.

Kommissarwelt

Fassungslos stehen Karl und der Kommissar auf einem Erdwall, früher standen sie auf Tribünen, doch die gibt es auf diesem Kleinstadtsportplatz nicht. Die Scheißmannschaft, die in dieser Saison ihren Verein repräsentiert, liegt in der 43. Minute 0:4 zurück und löst sich gerade auf. Junge Leute werfen Bierdosen und Feuerzeuge auf den Platz, sie sind mit ihren Vätern in dieses Saukaff gefahren, ein paar von den ortsansässigen Bauern maulen leise vor sich hin, die jungen Leute laufen auf den Platz und jagen Spieler, das Spiel wird abgebrochen und der Kommissar sagt zu Karl: Da, schau hin, das sind wir. *Pitch invasion* in Bumsdorf, die Szene wird darüber sprechen. Das ist doch nur noch zum Kotzen.

Sie verlassen den Sportplatz in Richtung Auto, Bereitschaftspolizei rennt an ihnen vorbei, ist mal was los im Kaff. Ich kapiers nicht, sagt Karl.

Ich auch nicht, sagt der Kommissar.

Nee, ich mein nicht das hier, ich mein, warum du bei den Grünwichsern da mitmachst.

Ach leck mich doch. Während der Heimfahrt reden sie nicht.

Ich weiß es ja auch nicht, Karl, denkt der Kommissar. Sie haben mich halt nie erwischt, in meinem Führungszeugnis steht nix, und da hab ich's mal auf die dummdreiste Tour probiert (was Karl ebenfalls nicht weiß: der Bewerbung war eine Wette vorausgegangen, die der Kommissar suffbedingt mit zwei Engländern eingegangen ist, die er während seiner groundhopping-Zeit im Stadion des FC Millwall kennengelernt hat und zu denen er noch Kontakt hat, sie haben die Wette verloren und der Kommissar hat seither das Recht, ein Wochenende im Jahr auf ihre Kosten in South Bermondsey zu saufen).

Beamter wollen schließlich alle werden, sonst wären die wohl kaum so verhasst, denkt der Kommissar. Und Diplom-Verwaltungswirt (FH) klingt dermaßen Scheiße, daß es schon wieder gut ist. Wenn Scheiße = gut, dann folgt *Kult*, haha, es reicht jetzt, ich werde ein *Argument* finden. Vielleicht muß ich es ja mal einer interessanten Frau erklären, das mit dem gehobenen Dienst, und da brauch ich dann schon ein Argument.

In seiner Jugend ist der Kommissar oft wachen Auges durch seine Heimatstadt gestreift, manchmal auch durch Dörfer im Umland. Ihm sind Dinge aufgefallen, Arrangements von Dingen, nicht in der Manier jener Fotografen freilich, die dem Augenblick und der *Struktur* um ihrer selbst willen verfallen sind (so jedenfalls scheint es dem Kommissar), sondern eher in der Art gewisser Fährtenleser, für die die Dinge und ihre Arrangements Zeichen sind, die auf Geschichten verweisen. Die der Kommissar denn auch für sich erfindet, er kann gar nicht anders. So verschwindet er etwa einmal in einem Dorf hinter einer verfallenen Baracke, um in Ruhe zu pinkeln. Er findet dorfüblichen Bauschutt vor, verschlammtes, faulig riechendes Grünzeug und mittendrin eine aufgerissene Plastiktüte, aus der die angeschimmelten Reste von Kindertextilien quellen. Keine billige Ware, sondern Markenklamotten, wie man so sagt. Nur diese eine, eher kleine Tüte, kein Müllsack, schon gar keine illegale Deponie, wie sie die Dörfler früher gern angelegt haben. Das ist seltsam, denkt der Kommisar, er ist Fünfzehn oder Sechzehn.

Der übliche Reflex wäre, an ein Verbrechen zu denken, das schmuddelige Ambiente und die zwar junge, aber doch intensive Kinoerfahrung des Kommissars drängen ihm diese konventionelle Lesart des Mülls geradezu auf. Nur kurz allerdings, denn Spuren eines Verbrechens tilgt man ja nicht dadurch, dass man potentielle Beweisstücke dort hinschmeißt, wo jeder, der in diesem Dorf in Ruhe pinkeln will, quasi automatisch landet. Nein, denkt der Kommissar, potentielle Beweisstücke werden verbrannt. Die Textilien dort hinzuschmeißen, wo sie absehbar bepisst werden, könnte mit Erniedrigung zu tun haben, und so erzählt sich der Kommissar die Geschichte vom einsamen, armen Mädchen, das nie einen pinkfarbenen Markenpullover und eine gleichermaßen signifikante Röhrenjeans besessen hat. Und deshalb diese Textilien der Tochter des örtlichen

24

Bauunternehmers während des Schulsports aus der Umkleidekabine geklaut und hinter den im Dorf „Pissbaracke" genannten Schuppen geschmissen hat, also dorthin, wo die Säufer aus dem „Grünen Baum" stolpern, nachdem der Wirt sie gegen ein Uhr nachts aus dem Lokal gewiesen hat.

Aber warum in einer Plastiktüte? Weil eine solche die Säufer an die illegalen Deponien von früher erinnern und ihnen daher wie Natur erscheinen wird; somit werden sie einfach draufpissen, denkt der Kommissar. Blanke Textilien ohne das vertraute, *Natur* signalisierende Plastik dagegen sind Fremdkörper, die die Säufer irritieren und am Ende gar von ihrem gewohnten Platz vertreiben werden.

Ein anderes Mal bemerkt der Kommissar in einem öffentlichen Müllkorb einen Stapel bedruckter Seiten, offenbar aus einem Buch gerissen. Vorsichtig zieht er sie aus dem unappetitlichen Gemenge nichtgetrennten Mülls, einige der Seiten sind trocken und unbefleckt. Es handelt sich um Reste einer Taschenbuchausgabe von „Berlin Alexanderplatz", das erkennt der Kommissar sofort, weil er in der Schule mit diesem Buch traktiert worden ist und es gehasst hat. Was steckt dahinter, fragt sich der Kommissar. Naheliegend, in Analogie zum soeben Erinnerten zu denken, also an einen genervten Schüler, der verhasste Lektüre entsorgt. Aber wo ist der Rest des Buchs? Warum nur diese, vielleicht dreißig Seiten und nichts vom Einband? Der Kommissar untersucht weitere Müllkörbe in 500 Metern Umkreis. Nichts von Döblin zu finden. Da bemerkt er, dass der erste Müllkorb direkt am Ausgang einer U-Bahnstation befestigt ist. Und erzählt sich die Geschichte vom Leser, den sich jeder Autor wünscht.

Der Leser, den sich jeder Autor wünscht, liest auf seiner morgendlichen Fahrt ins Büro stets einige Seiten, etwa Döblin, es geht ihm um den Gehalt, bibliophile Anwandlungen sind ihm fremd. Folglich reißt er die gelesenen Seiten raus und wirft sie weg. Nach einigen Tagen oder Wochen ist nur noch der Umschlag übrig, den er endlich auch wegwirft, nun ist er frei von materiellem Ballast, aber reich an Döblin (er oder sie hätte besser etwas anderes gelesen, denkt der Kommissar, aber ansonsten gefällt ihm dieser Umgang mit Lektüre, wer braucht schon diese Bücherregale, die wie barocke Orgelprospekte die Wohnzimmer erdrücken). Der Kommissar nimmt sich vor, seine Hypothese zu überprüfen und den Müllkorb in den kommenden Tagen regelmäßig zu untersuchen. Da fällt ihm auf, daß es nicht Sinn einer Geschichte sein kann, zur Hypothese zu werden, und er verwirft seinen Plan.

Scheißjugend, denkt der Kommissar angesichts seines Hirnkinos, so verdammt wichtig. Scheißbilder. Scheißspiel. Scheißautobahn.

Lebenswelt

Franconia sieht aus wie ein Disneyschloß, was Irina spannend findet. Es ist der ungewöhnlichste Ort für Fickanbahnung, den sie bislang gesehen hat. *So ähnlich wie Kneipe oder Disco* bedeutet also Disneyschloß, aus dem, wie Irina nun feststellen muß, Scheißdreck dröhnt, auf der Höhe der Zeit, wie in kleinen Großstädten nicht anders zu erwarten. Sehr lauter Größenwahn, ein gefühlt Dreizehnjähriger fantasiert sich die besten riffs von Beethoven und Großartig zusammen und läßt sie einen

Scheißcomputer zwanzig Minuten lang hinundherwälzen, möglichst rasant, die ultimative (weil größenwahnsinnig Effekte akkumulierende, als sei das nicht seit Ewigkeiten ein signum von Peinlichkeit) *Musik*, mit *technischen Daten*, es heißt halt nicht PS, sondern bpm, sie sollten Quartettkarten produzieren zu diesem Scheiß. Irina denkt: Der Scheiß *will* etwas. Ganz arg sogar. Punk wollte dagegen nichts, so ihre Überzeugung, klar gibt es da seit vielen Jahren Klugscheißereien und Zynismen wg. Mc Laren/Westwood etc., denkt sie, aber mit Blick auf Punk gilt das Diktum eines alten Dadaisten: Hingabe an den Gegensatz all dessen, was brauchbar und nutzbar ist.

Aber der Scheiß hier will nutzbar sein, er will zum Beispiel *tanzbar* sein, denkt Irina und gerät in Wut, als sie in Franconia tritt. Auf der Tanzfläche biegt sich ein höheres Töchterchen, barfuß. Jahre später, da ist das Töchterchen angesehene Kulturjournalistin, wird es diese Verwegenheit dosiert zum Besten geben. Barfuß! Getanzt! In der Franconia!

Denkt Irina, rempelt das Töchterchen kurz an und winkt Cleo zu, die sofort auf sie zu stürmt.

Super, daß du gekommen bist. Ich hab's ehrlich gesagt nicht geglaubt.

Mal schaun, obs super wird.

Ach komm, wir machen jetzt einfach Party. Cleo wirft sich in die Position eines Revolverhelden, beidarmig schußbereit, sagt *This town ain't big enough for both of us, sister*, und zieht zwei Flachmänner aus den Arschtaschen ihrer Jeans. Doppelt Doppelkorn, Schwester. *We're gonna clean up this town.*

Irina muß lachen, sie beginnt Cleo zu mögen. Sie hocken sich in eine Ecke, reden und saufen. Nach dem

Schnaps süßliches Dunkelbier, das nichts kostet. Das geht eine ganze Weile so, sie haben sich kaum mit biographischem Zeug aufgehalten, sondern sind schnell bei Gerechtigkeit, Wahrheit, Krankheit und anderen Wörtern gelandet. Wörter generieren Debatten, Zeug generiert Unsicherheit. Also wörtern sie. Bis Herbert es beendet.

Herbert ist nüchtern, gütigprüfendes Lächeln, ein dezenter Schalk scheint ihm zueigen, er stellt sich vor. Irina zieht den linken Ärmel ihres T-Shirt nach unten, der schimmelfarbene, herzdurchbohrende Pfeil namens Herbert kommt zum Vorschein, was Herbert amüsiert. Gehörst du zu diesem Verbindungsdings, Herzblatt, will Irina wissen. Oder hast du dich bloß in dieses Disneydings verirrt?

Nein, ich gehöre in der Tat zu diesem Verbindungsdings, dollface, du hast doch hoffentlich keine Vorurteile?

Herbert ist zwanzig Jahre älter als Irina, wirkt aber jungenhaft, da er eine blonde Haartolle hat, dafür aber keine Wampe; die Haut im Gesicht kommt mir zu glatt vor, denkt Irina, da hat einer nachgeholfen. Herbert leitet ein mittelständisches Unternehmen (Maschinenbau) und bezeichnet sich als "Alten Herren", was Irina zunächst eine saublöde Koketterie zu sein scheint, bis Herbert sie darüber aufklärt, was der Ausdruck "Alter Herr" im Kontext einer Verbindung bedeutet. Das Gespräch verläuft zunächst ziemlich aggressiv, bis Herbert endlich Gelegenheit erhält, seine Handlungstheorie zu erläutern. Wie jedermann wisse, so Herbert, erreiche man seine Ziele leichter, wenn man mit anderen kooperiere. Das sei der Grund für Eheschließungen und auch die Grundidee hinter Verbindungen wie der Franconia.

Kooperation setze nun wiederum soziale Intelligenz voraus, die Immanuel Kant übrigens "Urteilskraft" und deren Mangel "Dummheit" nenne. Soziale Intelligenz sei nicht oder zumindest kaum erlernbar, in einer Verbindung könne man die Dummen aber an die Hand nehmen und in eine Art gesellschaftlichen Schutzraum führen, in dem Loyalität sich auszahle und loyal könne auch ein Mensch ohne jede soziale Intelligenz sein. Doch zurück zu denen, die über Urteilskraft verfügten. Was sei ihr Ziel, wofür suchten sie sich Verbündete? Der sozial Intelligente habe ein Endziel, ein letztes Worumwillen, dem er alles unterordne: Er wolle erfolgreich handeln können. Und worin bestehe erfolgreiches Handeln? Im Weiterhandelnkönnen! Der sozial Intelligente werde bis an sein biologisches Ende im Optionenraum leben, nicht in einer Sackgasse, Einbahnstraße oder welches Sprachbild man auch immer für Ausweglosigkeit, Ohnmacht oder Mittellosigkeit wählen möge. Nun höre er schon den Einwand, das sei nur was für Leute, die mit dem Silberlöffel im Mund geboren worden seien. Quatsch, man sei hier nicht in Paraguay, Syrien oder sonstwo. In diesem Land könne prinzipiell auch das Kind eines Tagelöhners Bundeskanzler, Manager usw. werden; das Gegenteil zu behaupten zeuge nur vom Ressentiment der Dummen. Aber zurück zum Optionenraum. Dieser funktioniere ähnlich wie der Objektraum oder der rationale Raum: Man könne nicht definitiv sagen, was in ihm möglich sei, sondern nur, was in ihm nicht möglich sei. Hängenbleiben oder gar sozial verenden zum Beispiel, das sei nicht mehr möglich, wenn man es einmal in den Optionenraum geschafft habe. Man könne beispielsweise Politiker sein und mit einer dicken

Limousine rotzbesoffen ein paar Leute zu Tode fahren. Nach Zahlung einer moderaten Geldbuße werde man im Optionenraum geparkt, in einer Anwaltskanzlei etwa oder einem Institut für Politische Bildung, und nach einigen Jahren werde man schließlich zum Verkehrsminister ernannt. Zugegeben, das sei jetzt sehr didaktisch, mache aber eben deshalb klar, worum es gehe: Es gehe um Freiheit, und dafür sei soziale Vernetzung nach dem alten lateinischen Prinzip des *do ut des* eine notwendige Bedingung. Dies sei der Grundgedanke des Verbindungswesens: Freiheit.

Daß Herbert während seines Vortrags nicht moralisiert, fällt Irina positiv auf. Zusammen mit Cleo trinken und reden sie, lästern über höhere Töchterchen und Söhnchen. Schließlich ist Irina zufrieden mit diesem Tag, setzt sich gegen drei Uhr nachts aufs Rad und fährt sturzbesoffen nachhause. Zum ersten Mal in ihrem Leben freihändig, die dreizehn Kilometer in ihr Dorf nimmt sie gar nicht wahr.

Kommissarwelt

Scheißautobahn, Scheißnacht.
Spätvorstellung Hirnkino.
Für Dinge und deren Arrangements empfänglich zu sein, ist das eine; daraus Geschichten zu weben, etwas anderes. Man kann das Gespür für die Dinge aber auch taktisch nutzen, um Schlüsse zu ziehen, die erfolgreiches Handeln befördern. Man kann zum Beispiel einen Park oder Parkplatz in Stadionnähe auf verschiedene Weise auskundschaften. Die simple Art ist, nach Deckung, Anmarsch- und Fluchtwegen sowie dem schnellsten Weg zur Autobahn zu suchen. Die

fortgeschrittene Art ist, dies zu tun und in einem zweiten Schritt, am Vorabend des Spiels, noch ohne Polizeipräsenz, die Zeichen zu finden.

So werden etwa Baumgruppen, die sich als Deckung anbieten, auf frisch gebrochene Zweige untersucht, auf Häufungen von Zigarettenkippen und, bei entsprechender Feuchtigkeit, auf auffällige Häufungen großer, also vermutlich männlicher Schuhsohlenprofile. Manchmal entdeckt man Aufkleber an Laternenmasten oder Pollern, die bei der Ersterkundung noch nicht dort geklebt haben (das ist allerdings lächerlich, solche Aufkleber stammen stets von jenen Trotteln, die sich um bestimmte Retorten- oder Ossiklubs scharen, und gegen diese Lutscher sind ohnehin keine Lorbeeren zu holen). Diese avancierte Art der Spurensicherung ermöglicht ein *profiling* der für die Dritte Halbzeit geeigneten Areale. Gute Gegner machen sich Gedanken, allerdings zumeist in simpler Manier, sie vernachlässigen die Zeichen (technisch gesprochen, verläuft ihr profiling intentione recta, das avancierte hingegen intentione obliqua). Und so geschieht es denn, dass selbst die guten Gegner in ihrer Deckung verharren, den vermeintlichen Fluchtweg im Rücken.

Was ein Gelaber. Gelaber eines alten Sacks, der seinen Jugendkram aufwärmt, denkt der Kommissar angesichts seines von inneren Monologen begleiteten Hirnkinos, während Karl schnarcht und dabei zornig klingt. Aber vielleicht ist Gelaber ja besser als Argument. Ich bin eine faule Sau, ich hasse Handwerk und jede Art von Apparaturen oder Maschinen, aber es gibt auch keine Sachthemen, die mich interessieren, weil jedes Interesse irgendwann in Arbeit ausartet. Am besten wäre ich als Kind im Bett geblieben, hätte mir Geschichten ausgedacht und sie möglichst schnell wieder vergessen. Das Bett kann man ja am Spieltag verlassen, andere Gründe wird man schwerlich finden.

Sowas könnte ich einer interessanten Frau erzählen, denkt der Kommissar, und wenn sie genügend intus hat, findet sie es ja vielleicht amüsant.

Kurz vor Ende der Heimreise fahren sie am Stadion vorbei. Karl erwacht und salutiert. Man sollte das Ding sprengen, sagt der Kommissar.

Ich hab deinen Scheiß ... de ... fä ... dings sowas von satt! Warum machst du bei den Grünwichsern mit?

Hat mit Millwall zu tun.

Was???

Ne Wette.

Verarschen kann ich mich selbst. Wen haben wir noch mal nächsten Samstag?

Baunatal.

Fuck.

3. Dezember 2009
Leute verwehen

Nachrichtenwelt

Im Foyer der Frankfurter Filiale der Royal Bank of Scotland wird ein hessischer Rentner verhaftet. Er hatte versucht, eine selbstgebaute Rohrbombe in einem Blumenkübel zu vergraben. Nach seinen Motiven gefragt, gibt der 73 Jahre alte Mann an, die Bank habe ihn wissentlich über ihre hochriskanten Anlagestrategien getäuscht. Die Bombe ist laut Polizei derart dilettantisch gebaut, dass keine Gefahr für Beschäftigte oder Kunden der Bank bestanden hat.

Lebenswelt

Hubert Geh verlässt wie jeden Morgen sein Haus, das in einem Ostkaff steht, dessen Name nichts zur Sache tut (folglich nennt er es auch „Ostkaff"), steigt in sein Auto, dessen Name noch weniger zur Sache tut (was Hubert Geh freilich anders sieht) und fährt in seinen Betrieb. Geh („G" wie „Geschäftsführer" pflegt er zu scherzen) ist Geschäftsführer eines expandierenden Unternehmens, das Windkraft- und Photovoltaikparks baut. Während der fünfzig Pendelkilometer telefoniert er für gewöhnlich, das ist an diesem Tag nicht anders. Bis zum Betrieb sind es noch fünf Kilometer, als Hubert Geh die Abfahrt auf die Autobahn Richtung Südwesten nimmt.

Geh ist 52 Jahre alt, verheiratet und Vater zweier Kinder, die Tochter zwanzig, der Sohn achtzehn Jahre alt. Geh ist auf gelassene Weise beleibt, da er Entschiedenheit hinreichend bewiesen hat und sich daher keine Kanten antrainieren muß, um leadership zu simulieren. Das *Projekt* sozialer Aufstieg ist fast vollendet, Ehefrau Bettina hat sich als Adjutantin bewährt und die Kinder sind auf dem besten Weg zum Distinktionsmerkmal. Gehs Zugeständnis an den kriegerischen Zeitgeist ist eine Vollglatze; ihm sind die Haare ausgegangen, aber nur auf der Kopfmitte. Seitlich sprießen sie dagegen weiter. Diese Seitenhaare über die Tonsur zu kämmen, kommt Hubert Geh lächerlich vor, weshalb er sich für jenen Türsteherlook entschieden hat, den in der Regel Männer schätzen, deren *Projekt* eher so etwas wie ein verschwitzter Tagtraum ist und bleiben wird. M.a.W.: Geh ist mit sich im Reinen.

Auf der Autobahn Richtung Südwesten geht es nur stockend voran, Schneefall setzt ein, wird stärker. Nach fünf Stunden sitzt Hubert Geh endgültig fest, laut Verkehrsfunk haben LKW das getan, was sie im Winter gerne tun: Sich querstellen, nicht mehr mitmachen.

Der Stau ist mittlerweile auf fünfzehn Kilometer angewachsen, aber Hubert Geh hat insofern Glück, als sein Auto nicht im Nirgendwo festhängt, sondern inmitten von Häusern. Die Autobahn führt durch eine gar nicht so kleine Stadt, in der Ferne ist das Logo der Deutschen Bahn zu erkennen. Geh lässt sein Auto allein (so empfindet er es, dieses arme, bedeutsame Auto ist jetzt ganz allein), springt über die Leitplanke und rennt in die Infrastruktur.

Hubert Gehs Vermächtnis ist ein bedeutsames Auto auf der A 391. Das mag sehr deutsch sein, hilft Ermittlern aber nicht weiter. Am Braunschweiger Hauptbahnhof hat sich jedenfalls niemand an Hubert

Geh erinnert, der seit dem 3. Dezember 2009 vermisst wird.

Kommissarwelt

Der Fall Martina Greifer bleibt rätselhaft, sagt der Kommissar, kommt sich dabei selten blöd vor und wirft den süffisant in die Tischplatte grinsenden Kollegen einen hasserfüllten Blick zu. Das war jetzt ein Scheißsatz, denkt der Kommissar, ein verunfallter Drehbuchsatz am Ende einer peinlichen Sitzung dieser peinlichen Ermittlungskommission mit Namen *A 45*.

Die nach der im Volksmund „Sauerlandlinie" genannten Autobahn benannte Sonderkommission weiß gar nichts.

Klar, es gibt ein Dossier über Martina Greifer, einst war sie Puffmutter (die jüngeren Kollegen des Kommissars können mit diesem Ausdruck nichts anfangen), zuletzt vertrieb sie Kosmetikartikel und gab nebenbei auf Autobahnrastplätzen dem ein oder anderen Handlungsreisenden Proben ihrer früheren Talente. Über Greifers biographisches und berufliches Umfeld ist die Kommission informiert, d.h. sie hat die Komplexität Martina Greifer erheblich reduzieren, aber nichts daraus folgern können. Wie mit den drei anderen Personenrätseln, die die Kommission zu lösen versucht, verhält es sich auch mit Martina Greifers Verschwinden an einem Sommertag des Jahres 2009; ihr Auto wird auf einer Raststätte zwischen Aschaffenburg und Dortmund gefunden (Herborn West), die Fahrerin ist unauffindbar.

Lebenswelt

Lothar Berger kocht Der Frau erst einmal einen Kaffee. Wie lange sie im Wald gelebt hat, will sie nicht sagen, sie redet kaum, noch weniger als Lothar Berger, was diesem plötzlich sehr grell scheint; *wenig reden* war für ihn bislang nichts, worüber man nachdenken könnte. Das bin ja ich, denkt Lothar Berger, vorschnell, ungeübt in Reflexion.

Entsprechend unsicher (seine Ungeübtheit ahnend) überläßt er Die Frau ihrem Kaffee, legt "Trout mask replica" auf und dreht weitere Drähte in seinen Zombie.

Lothar Bergers Müllkunst verkauft sich schlecht, beim Michaelismarkt ist es besser, da überrennen gönnerhafte Städter das Dorf. Und wo er nun schon einmal dasitzt mit seiner Kunst, auf dem Katzenkopfpflaster, den Fachwerkverhau im Rücken, soufflieren die Dorfgranden den Städtern: Das ist zwar ein Freak, na ja, bißchen unsauber schon auch, aber irgendwie *hat der was*. Man ist hier offen für unterschiedliche Lebensentwürfe, das gefällt den Städtern, und so kaufen sie ein paar Stück Müllkunst. Lothar Berger nimmt das gar nicht wahr, mal hat er Geld, mal nicht. *Die Vögel und die Lilien* sagt er zu den Städtern und lächelt.

Er lebt in einem Bergmannshäuschen aus dem 19. Jahrhundert, die Natursteinwände hat Berger metastasieren lassen, Müllzombies, erotische Gipsreliefs und Malereien in der Manier von *Art Brut* verwachsen zu einer Art LSD-Museum, für das Berger Eintritt verlangen müßte, wenn ihm solche Kategorien zuhanden wären. Statt dessen würde er den Leuten Kaffee kochen und ihnen eine Zigarette drehen. Einst hat sich Berger eine Kugel in den Kopf geschossen, sie steckt immer noch drin und ist friedlich wie Lothar Berger.

Wie lange kann ich bei dir bleiben, fragt Die Frau. Für immer, sagt Berger. Aber sie wollen mich hier weg haben.

Wer? Warum?

Der Bürgermeister, die meisten vom Gemeinderat. Sie schämen sich vor den Touristen, sagen sie, wenn die zum Besucherbergwerk wandern, müssen sie ja an meinem Garten vorbei. Das ist den Urlaubern doch nicht zuzumuten, sagen sie, der ganze Müll und Dreck. Aber es ist doch nur Materie, unschuldige Materie, sie braucht Fürsorge, ich will ihr doch nur eine Ordnung geben, sagt Lothar Berger. Die Frau lehnt ihren Kopf an seine Schulter.

Seit dem Tod seiner Schwester lebt Lothar Berger allein in seinem Häuschen. Es ist in Gemeindebesitz, ebenso das benachbarte Häuschen seiner längst verstorbenen Eltern, das allmählich verfällt. Lothar Berger ist Hartz IV-Empfänger.

Er kocht Der Frau einen weiteren Kaffee und geht zum Briefkasten, einem grinsenden Zombie aus verrostetem Stahl, die Augen rot und grün blinkende Glühbirnen, das Maul weit aufgerissen. Ein Brief von der Gemeindeverwaltung. Berger überfliegt die Zeilen unter dem fettgedruckten Wort Räumungsbefehl, da stehen keine Wörter, sondern Haken und Krallen, die alles zerreissen sollen, ihn, Die Frau, die Welt, sogar das Papier, die unschuldige Materie.

Lothar Berger und Die Frau schauen über die Wälder, das weite Land. Bergers rechte Hand ist in ihre linke verkrallt, er bricht ihr die Fingerknochen, sie lacht ihn an, über die Aussichtsplattform des ehemaligen Förderturms peitscht Ostwind.

Kommissarwelt

Es ist dem Kommissar recht, dass die Kommissionssitzung an diesem Tag mangels Sinn sehr kurz ausfällt. Seine Konzentrationsfähigkeit ist, ja was eigentlich, denkt er, irgendwie nicht mehr so ganz heil, seit er sich diese Vergiftung zugezogen hat. Das Rauschgift ist eine sehr starke Substanz, selbst bei geringer Dosierung bewirkt es beim Kommissar eine über mehrere Tage anhaltende Gleichgültigkeit gegenüber der Welt. Das ist einerseits sehr angenehm, sowohl für die Kollegen des Kommissars, weil er ihnen nach einer Injektion des Giftes „umgänglich" erscheint (so deuten sie seine Gleichgültigkeit) als auch für den Kommissar selbst, weil er jener cholerischen Anfälle nicht mehr fähig ist, für die er sich stets geschämt hat (ohne dass dieser Scham etwas gefolgt wäre, eine Einsicht vielleicht).

Andererseits ist es für das Aufklären schwerer Straftaten nicht förderlich, wenn dem Ermittler alles wurscht ist, weil er sich mal wieder einen Schuß gesetzt hat. Beziehungsweise ihm etwas injiziert wurde, ohne dass er sich dagegen hätte wehren können, weil er sich ja gar nicht wehren will.

Das Rauschgift trägt einen Frauennamen, entzieht sich zumeist, um dann aus dem Nichts heraus den Kommissar in die Seele zu stechen. Die Injektion erfolgt über die Augen der Frau.

Der Kommissar hat die übliche Frauenaugenlyrik bemüht, also *abgründig, soghaft* etcetera, und zunächst hat es ihn auch überzeugt, die Wirkung dieses Blicks als ein Ein- oder Ausgesaugtwerden zu beschreiben, irgendwas mit Insekten. Aber sind es nicht doch eher Schlangenaugen, hat er sich in einem zweiten Anamneseschritt gefragt, Augen einer Schlange, die keine Giftzähne braucht? Schließlich hat er es herausgefunden. Doch was mit Insekten. Mir wird etwas injiziert, das mich von innen auffressen wird. Vorerst jedoch Rauschgiftcharakter hat, und den werde ich willenlos genießen.

Der Kommissar liebt diese Frau, sie ist ihm ein schönes Wesen, *auch innerlich,* wie man so sagt, ein freier Geist, sie benennt klare Sachverhalte mit klaren Wörtern (du redest keine Scheiße, hat der Kommissar betont forsch formuliert, bemüht, nicht in einen schwärmerischen Ton zu verfallen, du kannst das gar nicht, Scheiße reden), die Welt ist ihr Kuriosum und Abenteuerspielplatz zugleich, sie lebt nur als sie, ohne Sekundäridentitäten. Sie haben über alles geredet, es war befreiend. Vielleicht ist ihre Seele verwüstet, denkt der Kommisar, aber was heißt das schon, die Wüste wird ja als wunderschön beschrieben, passt also.

M.a.W.: Der Kommissar hat sich mal wieder in eine verrannt, diesmal aber so gründlich wie nie, ganz sicher. Was das Zwischenmenschliche betrifft, ist der Kommissar ein Verrennertyp, kein Projekttyp (wie dies etwa Hubert Geh ist bzw. war). Das Sich-Verrennen genügt sich selbst, das Projekt dagegen ist nur das Präludium eines weiteren Projekts. Folglich folgt nichts aus dem Sich-Verrennen – außer ein schwerer Kater, manchmal ein Suizid, und in seltenen Fällen, wie beim Kommissar, eine schleichende Vergiftung.

Der Kommissar beschließt, es aufzuschreiben. Die Morgendämmerung des totalen Organversagens, des von Innen Aufgefressenwerdens. Wie soll er das Geschreibsel nennen? „Ebola"? Schließlich tippt der Kommissar das Wort „Wiedergewinnung" in das von ihm „Dreckslaptop" genannte Dings, trinkt einen oder laß es auch zwei gewesen sein und beschließt, sich am nächsten Tag krankschreiben zu lassen.

30. August 1993
Es wird sexy

Eine Filiale der Sparkasse Offenbach wird überfallen, der Täter erbeutet 12 000 D-Mark, flüchtet mit einem Fahrrad und wird wenige Stunden später gefasst. Der Frankfurter Jurastudent gibt an, durch die Studie eines Tabakkonzerns zu seiner Tat angeregt worden zu sein: Immer mehr Menschen unter 30 würden mehr arbeiten, um in der Freizeit mehr konsumieren zu können.

Lebenswelt

Uns gibt es nur im Doppelpack, sagt Irina, aber Sie sparen dabei erheblich. Überlegen Sie mal, Sie kennen doch die Tarife im gehobenen Segment. Zwei Titten, ein Arsch, eine Möse, ein Schlund – das macht zwischen 1000 und 2000 Mark, je nachdem. Vier Titten, zwei Ärsche und so weiter entsprechend das Doppelte. Bei uns macht es dagegen 1500 bis 3000 Mark, Sie sparen also 25 Prozent. Meine Freundin liest Ihnen auch gerne Hegel vor, oder Keynes.

Dem Mann gelingt sein Lachen nicht so ganz, es ist überdreht und heiser. Irina öden sie an, diese Entscheider, die zu Würstchen werden, wenn man ihnen stramm an den Sack langt.

Ja ... das scheint mir dann doch ein Schnäppchen zu sein. Und abgefeimt bist Du, das gefällt mir.

Glaub mir, es lohnt sich.

Das Kongresshotel der Universitätsstadt liegt in Flussnähe, aus den Restaurantfenstern schaut man auf die Festung und die Wallfahrtskapelle, beide selbstverständlich illuminiert und auf einander benachbarten Hügeln arrangiert, als habe der Stadtbaumeister Irina und Cleo parodieren wollen, die gerade einen Freier erwarten. Irina aggressiv und pornomäßig (Hundehalsband, rote Stiefel, Hot Pants etcetera, die Titten fast nackt und in den Raum gereckt wie eine Faust oder ein Befehl, vielleicht derart: Hallo Würstchen, bringen wir's hinter uns); Cleo dagegen hochgeschlossen mit Rüschen, Pferdeschwanz, Brille (Fensterglas) und ihrem unverschämten Mund (vor dem Spiegel einstudiert). Eine durchsichtige Masche, was die Freier jedoch nicht zu stören scheint, mangels Phantasie vielleicht oder einfach aufgrund von Prägung durch die einschlägige Industrie. Vom vielen Wichsen total verblödet, pflegt Irina zu denken, wenn sie die leeren Blicke beim Erstkontakt wahrnimmt.

Die Hotelangestellten sind Escortgirls gewöhnt; Irinas Punklook findet der Manager sogar gut, weil dergleichen in dieser Stadt noch als schrill gilt und sowohl Gastronomen als auch Touristiker verzweifelt Rezepte gegen das Image von Biederkeit und katholischem Mief suchen. Unsere Nutten sind Punkerinen, die Hegel zitieren, das könnte auf unseren Flyers stehen, denkt der Hotelmanager, aber das trauen die sich dann ja doch wieder nicht. Aber für unsere Gäste aus der weiten Welt ist die Kleine gut, die finden so was sicher retro, somit urban.

Es stellt sich vor Herr Prof. Dr. med (Dr. *cum grano salis*, denkt Irina, das ist ihr schon lange zum Reflex geworden) Soundso, die Frauen nehmen den Namen gar nicht wahr. Schon wieder ein Ärztekongress, das ist anstrengend, weil die Herren über Anatomie zu reden pflegen, was in ausführliche

Kommentare ausarten kann. Manchen reicht die händische Inspektion der Frauenkörper, danach ziehen sie sich an (manche müssen nicht einmal das tun, weil sie ihre Kleider gar nicht erst abgelegt haben) und gehen auf ihr Zimmer.

Herr Soundso tut dies nicht, er verlangt das volle Programm. Herr Soundso ist in der seit kurzem üblichen Manier älterer Herren *athletisch* (wieso geht er dann zu Nutten, fragen sich die Frauen, da wird sich ja wohl bei irgendwelchen OP-Schwestern was finden, Fernreisen und Scheißauto in Aussicht, angesichts solcher Aussichten schlucken doch auch diese biederen Herddrachen gern was altes Gelbliches runter) und, wie dies ältere Herren aller Zeitalter waren, um rhetorische Dominanz bemüht.

Er raisonniert sich warm, erzählt von seinem (nahezu umstürzlerischen) Studentenleben (jetzt kommt er gleich mit der *heutigen Generation*, denkt Irina, die ungleich *pragmatischer* sei als seine es damals gewesen sei) und lobt jovial den Pragmatismus der heutigen Generation. Irina haßt es, wenn Leute tatsächlich so blöd sind, wie sie es sich vorher ausgemalt hat (sie will widerlegt werden), zudem widert sie einleitendes Geplänkel wesentlich stärker an als der Vollzug der Dienstleistung.

Nun ist es mal gut, Herr Professor. Ich vermute, Sie beabsichtigen nicht, unsere *Generationen* zu befingern. Sie wollen sich doch einen schönen Abend machen, jenseits kulturhistorischer Betrachtungen und frei von Nostalgie. Und wir haben noch andere Termine.

Cleo hat seit der Begrüßung des Freiers kein Wort geredet, ihn aber unablässig fixiert. Der Professor ist verunsichert und auf eine Weise geil, die er von anderen Ärztekongressen nicht kennt. Sie haben ihn soweit, dass er sämtlichen Vorschlägen (diverse *Premium-Service-Module*, jeweils gegen geringen Aufpreis) zustimmen wird. Die drei verlassen die Lobby und gehen auf sein Zimmer.

Kommissarwelt

Asiaten schaffen schwarze Tonnen in den Hinterhof, voll mit geronnenem Frittierfett. Der Kommissar lehnt am Balkongeländer und nippt an einer Dose Leichtbier. Die Asiaten plazieren die Fetttonnen in stets gleichem Abstand und füllen die Lücken mit Gemüsesteigen. Den Kommissar rühren die Akkuratesse und fast zärtliche Sorgfalt dieser Männer im Umgang mit Fett und Müll, welche Rührung ihn unmittelbar stört. Er wirft die halbvolle Bierdose in den Hinterhof, die Asiaten reagieren nicht.

Der Kommissar öffnet die fünfte Dose Leichtbier, er macht Bildungsurlaub, stabile Sonne im August. Nachdem die Asiaten die neunte Tonne in den Hinterhof geschafft haben, entscheidet der Kommissar, daß es an der Zeit ist, produktiv zu werden. Er nimmt sich vor, erste Zeilen des Berichts für seine deutsche Dienststelle zu tippen, geht ins Wohnzimmer, schaltet seine elektrische Schreibmaschine ein und beschließt, das Geschirr zu spülen. Der Müllsack müßte auch mal raus.

Sogleich schiebt er seine Fahrigkeit auf die Wohnung, eine Art Werkswohnung für Gäste der Landespolizei. Des weiteren schiebt er sie aufs Wochenende, ein gewichtiges Wort, das in dieser Stadt noch zu definieren ist. Während er ein

Brotmesser poliert, denkt der Kommissar darüber nach, in ein Hotel zu ziehen, wo er abends mit einer Vertreterin Cocktails trinken und der Rest sich ergeben wird. Dann geht er in den Hausflur, wirft den Müllsack in die Müllluke und freut sich über dessen Gepolter durch sechs Stockwerke. Wie immer hat er unmittelbar nach dem Öffnen seiner Wohnungstür begonnen, die Sekunden zu zählen. Wie immer sind exakt zehn vergangen, bis zwei Wohnungen weiter die Tür aufgegangen und die Alte rausgekommen ist, mit einem verwitterten Zorn durch sein Gesicht gesehen und *Janne! Janne!* gerufen hat. Sie ist verwirrt, und wenn im Flur Schritte zu hören sind, dann muß das ein Mensch namens Janne sein. Der Kommissar knallt die Tür hinter sich zu, schaut seine elektrische Schreibmaschine an und geht auf den Balkon. Die Lüftungsmaschinerie des Asia-Restaurants brummt. Er registriert dreizehn Fetttonnen im Hinterhof und hammerförmige Fesselballons im Himmelskarree.

Raus, Wochenende machen. Was immer das hier bedeutet.

Des Kommissars erstes Kneipenbier in dieser Stadt ist keine Erholung. Um den Tresen drängen sich eskimoäugige Frauen mit goldenen Haaren und aggressiven Brüsten. Er hat in der Zeitung gelesen, dass es in diesem Land üblich ist, dem Ehemann gelegentlich aufs Maul zu hauen, das Biertrinken dieser Frauen scheint ihm eine Mobilmachung.

Der Kommissar konzentriert sich darauf, das Bierglas weder zu langsam noch zu schnell zum Mund zu führen und in jener, wie Kumpel Karl es genannt hat, auffälligen Unauffälligkeit knapp an den Brüsten vorbeizuschauen. Das strengt an und so beschließt er, es künftig anders anzugehen, legt einen Schein auf den Tresen und geht. Eine pfeift hinter ihm her und krakeelt etwas möglicherweise Anzügliches. Der Kommissar kommt sich vor wie ein Kretin.

In der U-Bahn dieser Stadt wird weder gesungen noch gebettelt. Niemand will einem die Zionistischen Protokolle verkaufen. Somit kann der Kommissar sich in einem Kokon aus Gleisklackern und Zeitungsgeraschel einnisten und über die Fortsetzung seines Wochenendes nachdenken. Eine Polizeischülerin hat ihm das Kaos empfohlen. Es hat zwei Ebenen, oben gibt es zwanzig Sorten Bier, unten fünfzehn. Unweit der unteren Zapfhähne vollführt ein vermutlich Minderjähriger mit seiner Gitarre Bocksprünge und brüllt in ein Mikrophon; Bassist und Schlagzeuger akzentuieren das anderthalb Minuten lange Stück etwas zu scharf.

Do you like them, fragt ihn eine eskimoäugige Frau. Sie hat ihn als Ausländer erkannt und eine Brezel auf dem Kopf.

Well, I dunno ... they seem to act, somehow, exaggerated, well, I dunno ... might be kinda Pop-Pop, these guys seem to be ironically devastating …

For fuck's sake, you sound like a media jerk. Die Brezelfrau verschwindet, der Kommissar ist verwirrt. Das Untergeschoß des Kaos erinnert an ein Bergwerk. Ins Erz sind Stollen und Kavernen gehauen, in denen Grüppchen bei Kerzenschein und unter dem Lärm der Schülerband allerlei besprechen.

Vermutlich handelt es sich bei diesem Labyrinth um einen alten Bierkeller, denkt der Kommissar und starrt in eine Kerzenflamme, bis die Brezelfrau sie ausbläst. Der Kommissar zündet die Kerze wieder an und schaut resigniert in das eskimoäugige Gesicht. Wie aus einem Schacht ist sie aufgetaucht, die Brezel hat sie in Pippi-Langstrumpf-Zöpfe umfrisiert und redet englisch auf ihn ein.

Er solle sich die Idioten nur ansehen, da rundherum hockten sie und debattierten über die Revolution unter den Bedingungen der verendenden Postmoderne, ob er als Tourist die systematische Selbsttäuschung dieser Gesellschaft überhaupt bemerke?

Er sei kein Tourist, er arbeite hier und Gesellschaft sei ihm egal, er verstehe dieses Wort nicht. Was sie mit ihrem Geschwätz wolle, so eine verdrehte Form der Anmache sei ihm noch nie begegnet. Ob sie wohl sofort mit diesem blöden Kerzenausblasen aufhöre? Kerzen taugten nur zum Ausblasen. Ob *media jerk* sie zum Essen ausführen wolle?

Das sei ihm zu teuer.

Das sei Quatsch, heute koste es gar nichts.

Ein Mann mit Schnapsglas in der Hand pfeift durch die Zähne und winkt die beiden in den Hinterhof eines Altstadthauses. Dort stehen auf Biertischen an die zwanzig Schüsseln, aus denen purpurrote Krebse quellen. Die Menschen grölen, stopfen sich Krebsfleisch in den Mund und kippen Schnäpse. Man scheint die Brezelfrau (der Kommissar wird ihren Namen nie erfahren, er ist ihm gleichgültig) zu kennen und scherzt mit ihr. Der Kommissar versteht kein Wort, versucht aber, sich den lokalen Usancen anzupassen und stopft bzw. kippt große Mengen Krebse, Brotscheiben und Schnäpse in sich rein, bis die Brezelfrau von hinten eine geschossen bekommt und ihr Gesicht in einer Krebsschüssel landet. Eine der hämischen Brüste aus der Bierkneipe – oder jedenfalls eine Frau dieses Schlags, der Kommissar ist sich nicht sicher – baut sich über ihr auf, schreit etwas und greift sich einen dickwandigen Glasaschenbecher, woraufhin des Kommissars Rechte Gerade die Matrone an die Brandmauer des angrenzenden Hauses knallt. Dann packt er die zeternde und spuckende Brezelfrau, schleppt sie aus dem Hinterhof und setzt sie auf eine Parkbank, auf welcher beide einige Minuten vor sich hin glotzen.

Let's go to the water! Sie zerrt ihn in eine U-Bahn-Station. Noch ehe er fragen kann, warum sie die U-Bahn bräuchten, um zum Wasser zu kommen – überall ist Wasser, man bewegt sich im Grunde ständig von Insel zu Insel – zerrt sie ihn wieder nach oben, über eine andere Treppe, raus aus der Station. Irgendwo pulst Blaulicht.

Lebenswelt

Nach Ablauf der vereinbarten Zeit ist der Professor euphorisiert, seine welke Virilität hat einigermaßen durchgehalten. Er schlägt den Frauen vor, ihre weiteren Termine (die es gar nicht gibt) abzusagen. Ich kauf euch die ganze Nacht, sagt er, aber ich hol noch einen Kollegen dazu.

3000 Optimal + 750 Premium für zwei Stunden. Aber Restnacht mit Zweitschwanz, das ist wieder ein anderer Tarif. Das sind 9000. Fehlen also noch 5250. Oder es wird nix.

Aber mein Kollege hat es mit Handschellen, das muß inbegriffen sein.

Oh dear, frivol ist er auch noch. Der oder wir?

Ihr.

10 000. Also noch 6250.

Ja, ja, ja, ist schon gut. Ihr bekommt das restliche

Geld, sobald wir bei meinem Kollegen sind.

In Ordnung, ich telefonier mal kurz.

Irina tippt fiktive Nummern in das Zimmertelefon und sagt die „Termine" mit „Cherie" und „Böckchen" ab.

Aber wir müssen den Ort wechseln, sagt Soundso. Mein Kollege sitzt im Rollstuhl, ALS-Syndrom, die Fahrt ins Hotel würde ihn zu sehr belasten.

Aber das mit den Handschellen belastet ihn nicht, oder wie? Na ja, arme Sau, dein Kollege. OK, bestell ein Taxi, Professor Dr. med.

Nachdem Irina sich angezogen hat, geht sie unter dem Vorwand, sich *frischmachen* zu wollen, auf die Toilette und vergewissert sich, dass die Beretta in ihrem Rucksack geladen ist. Kontrollzwang. Sechs Patronen, es kann losgehen.

Professor Soundso telefoniert. Horst, ich hab da zwei richtige Klassemädels. Wir sind in einer dreiviertel Stunde bei dir. Dann horcht der Professor ins Telefon und sagt:

Na ... eher gut Sechstausend. Horcht nochmal und sagt: Definitiv.

Sie fahren am Fluß entlang, durch Winzerdörfer, die Frauen kennen diese Region nicht. Schließlich biegt das Taxi in einen Wirtschaftsweg ein und fährt Spiralen durch Weinberge, was den Orientierungssinn der Frauen vollends irre macht. Endlich ist ein Gehöft erreicht, ein ehemaliges Weingut, neugotisch, wie der Professor erläutert.Der Horst öffnet, er hat eine schwarze Gummimaske übers Gesicht gezogen und bewegt seinen Rollstuhl mit Eleganz. Er bittet die drei in die Bibliothek und gibt Cleo einen Briefumschlag, sie schaut kurz rein, 6250 Mark. Dann bittet der

Professor Cleo, sich auszuziehen, hinzuknien und legt ihr Handschellen an.

Irina schaut es sich an, fragt sich, was nun kommt und langt in ihren Rucksack, die Beretta ist noch da, hilft Irina allerdings nichts, weil sie im selben Moment mittels einer Drahtschlinge stranguliert wird. Es ist der Horst, der hinter ihrem Rücken munter aus dem Rollstuhl gesprungen ist, während Irina Cleos Fesselung beobachtet hat. Der Horst drückt gerade so fest zu, daß "keine Scheiße passieren kann" (Zitat Professor), während der Professor Irinas Hände an die Beine eines Eichenholztisches kettet; aus dieser Position hat sie einen guten Blick auf Cleo. Der Professor bringt ein weiteres Paar Handschellen an Irinas Fußknöcheln an und schon kann es losgehen!

Horst, Skalpell bitte, sagt der Professor. Der Horst reicht dem Professor ein Teppichmesser, woraufhin dieser mit der linken Hand in inszenierter Behutsamkeit über Cleos Titten, Oberschenkel und Unterarme fährt.

Irinas Augen werden von Parasiten angegriffen, muntere kleine Tiere saugen daran, es ist, als habe sie zu lange in einen Glühfaden geschaut, der Unstern schlägt in die Welt ein, sie sitzt auf einer Bank, ein Hund schreit. Der Horst zieht an der Drahtschlinge.

Guck hin, Fotze.

Na, du hast aber ordentlich an dir rumgeschnitten, sagt der Professor. Und ganz ohne ärztliche Aufsicht! Wie heißt du? Cleo? Weißt du was, Cleo? Ich zeig dir jetzt mal, wie man professionell schneidet!

Kommissarwelt

Sie gehen an einem schwarzen Wasser entlang. Der Kommissar sieht eine Verkaufsbude für Heidelbeereis und bedauert, dass sie schon geschlossen ist. Über den parallel zum Ufer verlaufenden Boulevard rasen Streifenwagen. Wankers, bastards, sagt die Brezelfrau. A.C.A.B. All coppers are bastards. Know this song? 4-Skins did it, but I prefer the Last Resort's Cover.

Klar kennt der Kommissar den song, auch er findet die Version von The Last Resort besser.

Sie sitzen in einer Bootskneipe und trinken. Was er denn hier arbeite? Nun ... es sei eher eine ... Fortbildung, also genauer eine Art Praktikum – er sei vom Deutschen Ledermuseum beauftragt, sich die Museumspädagogik dieses Landes, die als sehr fortschrittlich gelte, näher anzuschauen. Was sie denn tue?

Business. Ob es auch ein Deutsches Gummimuseum gebe, oder vielleicht ein Lackmuseum?

Dergleichen Spott ermüde ihn schon lange. Warum habe diese Frau sie angegriffen?

Ennui, Propaganda durch die Tat, etwas in der Art. Es gebe keine Gründe inmitten dieser selbstzufriedenen Wohlanständigkeit. Wo er denn wohne?

Im Osten der Stadt, in der Nähe des Tiergartens.

Exciting.

Ein Kellner stellt eine Flasche Champagner auf den Tisch, mit Empfehlung des Herrn da hinten. Der Kommissar und seine Brezelfrau sind ins Visier eines angetrunkenen Paars geraten. Der Mann winkt den beiden zu und grinst, im Kommissar steigt Wut hoch. Da schau her, ein Sanguiniker. Dem trieft die

Sozialkompetenz ja aus allen Poren. Glotzen, Grinsen und die Peripherie mit Sprachschlamm vollkoten. Der Kommissar mag die Indirekten, Verhuschten, Hinterrücksen. Solche wie diese Brezelfrau.

Die freilich bedeutet dem Kommissar, sich an den Tisch des Paars zu setzen und auf dessen Kosten weiterzusaufen. Der Kommissar gehorcht. Der Sanguiniker stellt sich als Versicherungsagent, Taxi- und Bestattungsunternehmer vor, was er durch drei Visitenkarten dokumentiert. Seine Begleiterin lallt ins Wasser und wirft der Brezelfrau einen schlierigen Blick zu. So trinken sie eine Weile und lassen den Sanguiniker reden, der sich gelegentlich an den Kommissar wendet und auf Englisch um Bestätigung ersucht. Es sei bemerkenswert, dass er Meinungen hege, entgegnet der Kommissar, das könne nicht jeder von sich behaupten. Unterdessen haben die Frauen ihre Sandalen ausgezogen und zu füßeln begonnen. Der Sanguiniker schlägt vor, privat weiter zu feiern. Das Trinkerpaar führt den Kommissar und die Brezelfrau zu einem Jugendstilhaus am Boulevard, in eine Souterrainwohnung. Der Sanguiniker zieht sein Hemd aus, wirft sich in einen Ledersessel, öffnet eine Bierdose und schläft ein. Seine Begleiterin verschwindet im Bad, aus dem bald darauf Krächz- und Spuckgeräusche zu hören sind.

Die Wohnung scheint dem Kommissar nicht bewohnt, sondern lediglich geputzt. Er fährt mit dem Zeigefinger über einen Regalboden. Kein Staub. Die Bücher Möbelhausattrappen, der billige Teppichboden wirkt, als werde er regelmäßig mittels einer Drahtbürste in Fasson gebracht. Auch die Brezelfrau ist von dieser potemkinschen Wohnung irritiert, wirkt gar erzürnt, zerrt an Schubladen, reißt Schranktüren auf, was der Kommissar seltsam findet, ohne jedoch ihr Verhalten zu kommentieren.

Everything's empty. What a bunch of wankers. We're framed.

Die Badtür geht auf, die betrunkene Frau fliegt der Länge nach auf den Teppichboden und beginnt zu erzählen. Sie kriecht zum Kommissar, macht einen gutgelaunten Eindruck und der Kommissar sagt sich, dass es schon in Ordnung ist, dass ihn diese brabbelnde Schlange erregt, schließlich sind die meisten seiner Hypothesen über sich und die Welt widerlegt worden.

Stop that. Let's go to your place, sagt die Brezelfrau scharf.

Während er die schmiedeeisernen Gitter hinter der Fahrstuhltür zur Seite drückt, denkt der Kommissar mit Unbehagen an die Verwirrte, die gleich ihre Wohnungstür aufreißen und nach Janne rufen wird. Doch die alte Frau merkt offenbar, wenn mehrere Personen durch den Flur gehen, und Janne ist nun mal keine Gruppe.

Die Brezelfrau geht ins Bad. Als sie herauskommt, sind die Pippi-Langstrumpf-Zöpfe aufgelöst, die Brezel ist wiederhergestellt. Das freut den Kommissar und ebenso gefällt ihm, dass an ihrem Körper keine Tätowierung zu sehen ist. Die Brezelfrau hockt sich in den Spülstein, befiehlt, sie mit Wein zu übergießen, ein Ei aufzuschlagen und dessen Inhalt zwischen ihre Schenkel rinnen zu lassen, es wird eine herrliche Sauerei. Dann trinken die beiden ein paar Gläser, bis der Kommissar in einen Schlaf jener Art fällt, aus dem herkömmlicherweise ein ekelhaftes Geräusch weckt, das sich allmählich als Telefonklingeln entpuppt, nachdem es der Schläfer vergeblich in irgendwelche Gespinste zu integrieren versucht hat. Ein freundlicher Kollege von der Landespolizei erkundigt sich, ob der Kommissar *allright* sei.Es ist Montag Nachmittag. Der Kommissar rekonstruiert, dass er 32 Stunden geschlafen hat. Brezelfrau, Bargeld, Kreditkarte und elektrische Schreibmaschine sind verschwunden. Folglich muß der Kommissar zur Polizei, da muß er ja sowieso hin, knallt die Tür hinter sich zu und rennt zum Fahrstuhl. Der kommt nicht, dafür geht die Tür auf, die Alte starrt in verwittertem Zorn durch den Kommissar und ruft: *Janne! Janne!*

Halt doch endlich mal das Maul!

Oh, Sie sprechen deutsch? Wie wunderschön! Mein Janne ist ja zweisprachig aufgewachsen, müssen Sie wissen, er ist einer der stattlichsten Burschen der Leibstandarte! Ihnen übrigens nicht unähnlich, junger Mann. Ich hoffe, die junge Dame war anständig zu Ihnen? Ich erkenne weibliche Schritte sofort, müssen Sie wissen.

Da hast du mir was voraus, alte Nazischlampe, denkt der Kommissar, zieht die schmiedeeisernen Gitter auf, geht in den Fahrstuhl und grübelt. Was, wenn seinen ausländischen Kollegen (und Gastgebern) eine Anzeige dieser aggressiven Frau vorliegt, der er, wenngleich in stellvertretender Notwehr, ins Gesicht geschlagen hat? Um jene womöglich stadtbekannte Diebin zu retten, die *er* in wenigen Minuten anzeigen will? Und was, wenn die Brezelfrau in der potemkinschen Trinkerwohnung doch etwas stibitzt hat? Dann gilt er als Komplize, als Megadepp von einem Komplizen, der sich selbst anzeigt, nachdem er sich hat beklauen lassen.

Es wächst dem Kommissar über den Kopf.

Warum machst du bei den Grünwichsern mit?? (Zitat Kumpel Karl). Der Kommissar denkt: Rückflugticket! und drückt den Knopf mit der Sechs. Wieder oben angekommen, zählt er die üblichen zehn Sekunden ab, brüllt: Maul! und rennt in seine Wohnung. Das Ticket ist da, allerdings hat die Brezelfrau mittels einer Büroklammer einen Papierfetzen drangeklemmt und die Notiz *Fanx, Idiot!* hinterlassen. Der Kommissar geht auf den Balkon, tritt gegen das Geländer und stellt sich eine Frittierfetttonne vor, reserviert für Idiotenschädel.

(Soweit die Story, die der Kommissar in seine elektrische Schreibmaschine getippt hat, zwecks Wochenendbewältigung im Bildungsurlaub).

30. August 2008
Tatort

Nachrichtenwelt

In Wuppertal findet der dritte Nordrhein-Westfalen-Tag statt. Ein Sprecher der Landesregierung betont die identitätsstiftende Kraft des deutschen Föderalismus, dessen ungebrochene Vitalität sich gerade auch in diesem Landesfest kundtue, das, ungeachtet seiner noch jungen Tradition, die Menschen im Land noch intensiver zueinander bringe und die ungebrochene Faszination des deutschen Föderalismus unter Beweis stelle. In anderen Bundesländern gibt es jährliche Landesfeste schon länger; der Rheinland-Pfalz-Tag etwa wird seit 1984, der Tag der Niedersachsen seit 1981 gefeiert.

Lebenswelt

Tollkirschen sollte man langsam auf der Zunge zergehen lassen. Vier Stück, vor dem Einschlafen genossen, bewirken einen erholsamen Schlaf, der aus einer gleichfalls tollkirscheninduzierten Désinvolture (vulgo Coolness) gewissermaßen ausfranst.

Man könnte zum Pantheisten werden, denkt Die Frau und schläft ein.

Es geht ihr zwar besser, seit sie Tollkirschen ißt, doch stellt sich damit auch ein neues Problem. Die letzten Beeren werden bald vergammelt sein, die Natur ist halt kein Dealer, der kontinuierlich beliefert wird. Sie hat sich vorgenommen, sich im Herbst mit Pilzen zu beschäftigen und im Frühling Seidelbast, Aaronstab und Maiglöckchen zu probieren.

Die Frau hat noch keinen Weg gefunden, an Alkohol zu kommen. Im fünfzehn Kilometer entfernten Marktflecken gibt es einen Supermarkt, dessen Müllcontainer Die Frau nächtens durchsucht; da sie nur kleine Mengen Gemüse, Milchprodukte, Industriewurst oder Brot entnimmt, ist es den Supermarktleuten bislang nicht aufgefallen, dass sich regelmäßig jemand an ihrem Abfall (Mindesthaltbarkeitsdatum) bedient. Doch Bier, Wein oder Schnaps landen nicht in diesen Containern, und so muß Die Frau eben schauen, was Mutter Natur bereithält, für den Schlaf und das Denken vorher.

Die Frau schläft unter einem Zelt, traumlos und ruhig. Gegen 21 Uhr wacht sie auf. Zum ersten Mal kommen sie mit Hunden.

Sie sind ungefähr einen Kilometer entfernt, aber der Wald ist unwegsam. Die Frau zieht sich aus, stopft Kleidung, Schlafsack und Handtuch in einen wasserdichten Armeerucksack und rennt zum Fluß. Halb schwimmend, halb watend bewegt sie sich durchs Wasser, die Köter werden ihre Spur verlieren. Nach einer Viertelstunde klettert sie ans Ufer und steigt hinab in die Höhle.

Bislang hat Die Frau die Höhle nur im Winter und bei Unwetter aufgesucht; sie neigt zur Klaustrophobie und lebt lieber unter ihrem Zelt. Bislang haben sie Die Frau ohne Hunde gesucht und da ist immer genügend Zeit geblieben, das Zelt abzubauen, den überschaubaren Hausrat im Rucksack zu verstauen und sich in ein Dickicht zurückzuziehen. Doch jetzt sind sie da, die Hunde des Kriegs, denkt sie. Sie wissen, dass ich in diesem Wald lebe, sie finden das Zelt, den Campingkocher etcetera, es ist der Dreißigjährige Krieg, sie werden mich in meiner

Waldeinsiedelei häuten und pfählen. Schlachtvieh, Aas, in die Dunkelheit genagelt.

Den Höhlenboden hat Die Frau mit Grassoden gepolstert, zwei Tollkirschen hat sie vor drei Tagen als Notration deponiert. Sie sind mittlerweile verschrumpelt und Die Frau fragt sich, ob sie noch wirken. Sie hört keine Hunde mehr.

Kommissarwelt

Der Kommissar nimmt sich ein weiteres Mal die Akten vor, er hat sie in seine Wohnung gebracht. In seinem Büro hat er vor dem Papier nur blöd herumgehockt, diese protokollierten Beobachtungen, Handlungsabläufe und biographischen Fakten haben ihm nichts erzählt. Vielleicht ist das zuhause ja anders.

Der Kommissar lebt allein und kann folglich ungestört an seinem Lebensmuseum bauen. Regale voller Bücher, die er irgendwann einmal sicher wieder zur Hand nehmen wird, weil sie qua Titel und Autor Erkenntnis versprechen (aber es sind doch nur Produkte, Produkte einer kurzlebigen Aufgeregtheit, sagt sich der Kommissar dann und wann, Antiquariatsramsch für alte Deppen nennt er seine Bücher dann und wann, und sich sogleich einen Flagellanten, denn auch diese Bücher beweisen doch, dass da was war und nicht vielmehr nichts). Das Fenster rahmen karminrote Stores, die die Mutter des Kommissars genäht hat, sie abzuhängen, bringt er nicht übers Herz. An den Wänden Werbegeschenke, Kinderzeichnungen seines Sohns, Devotionalien seines (gottverdammten, denkt der Kommissar) Fußballvereins sowie einige Ausstellungsplakate –

Kiefer, Grünewald, Turner, Pollock, ohne ein Prinzip von *Hängung*. Jugendmöbel (aus der Zeit, als IKEA noch so etwas wie „mehr Demokratie wagen" bedeutete), und krötenzaungleich an der Lambarie entlanglaufende Schalplatten (geiler Kalauer, denkt der Kommissar) beziehungsweise CDs, zumeist Punk, Oi und Industrial, in des Kommissars späten Jahren ist Zigeunermusik dazugekommen.

Also noch mal von vorn, denkt der Kommissar. Wen vermissen wir? Von diesen Arschlöchern eigentlich keinen.

Also noch mal.

Frank Siegmund, 50 Jahre alt, aus Betzdorf an der Sieg. Geschieden, kinderlos, hält sich mit Gelegenheitsarbeiten über Wasser, als Springer bei Kurierdiensten, Speditionen, Sicherheitsdiensten. Vorbestraft wegen gefährlicher Körperverletzung und sexueller Nötigung. Zuletzt gesehen am 4. Januar 2008 um 6 Uhr 30, da verlässt er mit seinem Lieferwagen das Siegener Logistikzentrum des Kurierdienstes XY und tritt seine Tour an. Zwei Tage später wird der Lieferwagen auf dem Parkplatz der Raststätte Katzenfurt an der A 45 in Hessen gefunden. Der Disponent des Kurierdienstes kann sich Siegmunds Verhalten nicht erklären; der Aushilfsfahrer sollte eine nördlich gelegene Tour fahren, Richtung Olpe/Hagen. Warum Siegmund offenbar in Richtung Süden gefahren sei, könne er nicht verstehen. Wann genau aber der Fahrer auf der Raststätte angekommen ist (ob am 4., 5. oder 6. Januar), lässt sich gar nicht rekonstruieren, da einfach zuviele Lieferwagen dieses Kurierdienstes unterwegs sind, folglich auch zu viele davon immer wieder mal auf diesem Parkplatz herumstehen, mögliche Zeugen aber stets nur auf das Logo, aber nicht auf das Kennzeichen achten, schon gar nicht auf dessen exakte, vierstellige Zahlenkombination. Entsprechend viele und einander widersprechende Aussagen gibt es.

Seit er den Logistikhof von XY verlassen hat, also seit gut fünf Monaten, ist Frank Siegmund wie weggebeamt. Er hat die Raststätte nicht per Anhalter oder mit einem Taxi verlassen (jedenfalls hat sich anhand des Fahndungsfotos niemand erinnert, dass dieser Mann irgendwo eingestiegen sei oder gar, dass er diesen Mann mitgenommen habe). Eine ganze Menge Menschen können (konnten) diesen Siegmund nicht leiden, aber selbst wenn man ein Kapitalverbrechen unterstellt – keiner von ihnen kann es verübt haben; keine Zeit dazu, nachweislich.

Hat vielleicht eine Bank gemacht (und wir oder irgendwelche Kollegen sind zu blöd, das herauszufinden) und hockt jetzt in der Karibik, denkt der Kommissar. Aber warum fährt er dann mit seinem Scheißlieferwagen nicht direkt zum Frankfurter Flughafen?? Um uns abzulenken? Ja, ist möglich. Aber an Flughäfen und Bahnhöfen gibt's es ja auch nix über diesen Typ, da können wir noch mal doppelt so viele Fotos hinpappen, da wird auch weiterhin nix kommen. Die Tatsache Frank Siegmund erzählt dem Kommissar auch zuhause nichts, er wird ein paar Leichen im Keller (gehabt) haben, denkt der Kommissar, aber dieser Typ hat keine Tiefe, der hat kein altes, soziales Geschwür, das nach Jahren der Ruhe blutig aufbricht, der ist eindimensional, da gibt es kein Geheimnis. Der ist einfach nur weg.

Und dann der, eine Woche später. Siegfried Berlinger. Leitete eine Werbeagentur in Passau. Geboren in Saalfeld, Thüringen. 60 Jahre alt, ledig, kinderlos. Rege Internetaktivitäten im S/M-Milieu, aber nichts mit Kindern und Tieren. Überhaupt nichts Sexuelles in der dreidimensionalen Welt, außer, dass er vor dem Rechner gesessen hat.

Berlingers Agentur hat zahlreiche Aufträge, er ist mit den Touristikern und Mittelständlern seiner Region gut vernetzt. Rotarier, CSU-Mitglied. Er beschäftigt zehn Angestellte, allesamt Frauen, keine berichtet von sexuellen Übergriffen. Berlingers Geschäftsgebaren ist, allen Protokollen zufolge, ebenfalls untadelig. Er scheint keine Feinde zu haben. Wenn er ausspannen will, fliegt er auf die Kanareninsel La Palma, dort besitzt Berlinger eine ehemalige Aussteigerhütte inmitten eines Drachenbaumhaines, er hat sie instandsetzen und ausbauen lassen.

Am 11. Januar 2008 verläßt Berlinger gegen 15 Uhr 30 seine Agentur, seiner Sekretärin gegenüber erwähnt er ein Kundengespräch, das in ihrem Terminkalender allerdings nicht verzeichnet ist. Das sei nicht ungewöhnlich, gibt die Sekretärin zu Protokoll. Berlinger habe seit einigen Jahren kaum noch Kunden akquirieren müssen, die Interessenten seien vielmehr auf ihn bzw. die Agentur zugegangen, was eine Folge von Berlingers sozialer Intelligenz sei (Sekretärin scheint ihren Chef sehr zu mögen, hatte der die Befragung durchführende Kollege handschriftlich notiert).

Berlinger ist vor exakt fünf Monaten dem dreidimensionalen Raum abhanden gekommen (vielleicht ist er ja der erste Mensch, der den Sprung in den rationalen Raum geschafft hat, wo – was bitte heißt im rationalen Raum „Wo"? – er sich nun virtuell auspeitschen läßt, denkt der Kommissar). Auf La

Palma ist Berlinger jedenfalls auch nicht. Am 12. Januar 2008 um 13 Uhr 18 finden hessische Polizeibeamte Berlingers Wagen auf dem Parkplatz der Autobahnraststätte Langenbergheim bei Hanau, an der A45.

Der ist schon interessanter, denkt der Kommissar. Hat sich jahrzehntelang zusammengerissen, ist auf eine sehr bundesdeutsche Weise *angekommen* im gehoben mittelständischen Segment – obwohl er keinen der üblichen Schlüsselreize auslöst. Er ist ein alter Sack, hat aber keine generative Spur gelegt. Er ist ein alter Sack mit Geld, lässt sich aber offenbar nicht von Studentinnen lutschen. Er ist ein alter Sack mit Geld und Kontakten, scheint aber keine Fehler zu begehen. Er schaut sich halt ab und zu ein paar Foltervideos an und tauscht sich mit Gleichgesinnten darüber aus, das ist privat, somit modern und, weil modern, sympathisch, denkt der Kommissar. Es ist Kultur. Aber ich habe den Verdacht, dass Siegfried Berlinger eine alte Drecksau ist (war), denkt der Kommissar.

Und dann haben wir noch den. Edelbert Habermehl, Anwalt aus Bad Neuenahr, geboren ebenda, 61 Jahre alt. Verheiratet, vier Kinder, unbescholten. Spezialisiert auf Insolvenzen (Hotellerie, Natursteinindustrie), Lions Club, kein Parteibuch. Unterstützt den Frauenfußballclub SC 07 Bad Neuenahr sowie ein Kinderheim in der Eifel. Nach der Veröffentlichung der Fahndungsfotos melden sich drei Gelegenheitsprostituierte, die in Westerwälder Wohnmobilen arbeiten. Damit konfrontiert, bezeichnet Habermehls Ehefrau Brigitte dieses Verhalten als „nach 35 Ehejahren normal", bittet aber darum, diese Information nicht zu publizieren, woraufhin der befragende Kollege entgegnet, die Polizei tue dergleichen nicht und die Prostituierten habe man aus ermittlungstaktischen Gründen zu Stillschweigen verpflichtet. Wie Berlinger scheint auch Habermehl keine Feinde zu haben, ein paar Leute haben sich über ihn geärgert, aber das ist, nach genauer Prüfung, nicht weiter interessant.

Habermehl verläßt am 11. Januar 2008 um 18 Uhr 30 ein Arbeitsessen in einem Restaurant in Ahrweiler, er fühlt sich nicht wohl. Die Mitesser berichten später von einem Handyanruf, der Habermehl offenbar verstört habe; er sei kurz aus dem Lokal gegangen, sei nach fünf (andere sagen: nach zehn, fünfzehn) Minuten zurückgekehrt und habe abwesend gewirkt. Schließlich habe er gezahlt, sich entschuldigt und das Lokal verlassen.

Auch Habermehls Auto wird auf einem Raststättenparkplatz an der A 45 gefunden, diesmal ist es die Raststätte Siegerland, und zwar am 12. Januar 2008, um 10 Uhr 45. Da er seit dem Verlassen des Lokals nicht mehr gesehen wurde, ist er vermutlich direkt zu dieser Raststätte gefahren.

Daß Berlinger und Habermehl am selben Tag verschwunden sind, hat die Ermittler eine Weile beschäftigt. Doch nach aktuellem Kenntnisstand kannten die beiden sich nicht und haben auch nicht miteinander telefoniert. Es sei denn, sie hatten neben ihren Vertragshandys noch andere, denkt der Kommissar. Und zwischen den Raststätten Langenbergheim und Siegerland liegen rund 130 Kilometer, das ergibt keinen Sinn.Habermehls Handynummer wird am 11. Januar 2008 um 18 Uhr 10 von einem Prepaid-Handy (fiktive Kundendaten) angewählt, und zwar aus der hessischen Kleinstadt

Dieburg bzw. einem Ort östlich dieser Stadt. Dieburg liegt nicht weit vom Hanauer Kreuz (A 45). Doch im Fall Berlinger werden weit entfernte Funkzellen geortet (das könnte passen, denkt der Kommissar, der hat ja auch weit weg von dieser Scheißautobahn gewohnt, ergo: Ablenkungsversuch). Bei Siegmund, dessen Verbindungsdaten man angesichts der Fälle Berlinger/Habermehl erneut untersucht, ist die Sachlage völlig undurchsichtig, er erhält Anrufe aus dem ganzen Land, in kurzer Folge, ohne erkennbares Muster.

Dennoch sollten wir davon ausgehen, denkt der Kommissar, daß es in allen Fällen ein Anruf war, der die Männer wie ferngesteuert zu einer dieser Raststätten getrieben hat. Erste Hypothese. Zweite Hypothese: Angerufen hat immer dieselbe Person. Da sollte mir doch eine Geschichte einfallen. Und weil die Konjunktion dieser zwei Hypothesen Geschichten generieren kann, ist sie anderen, schwächeren Hypothesen (Zufall etcetera) vorzuziehen.

Habermehls Fall hat aber noch eine andere Dimension als die Fälle Siegmund und Berlinger, und das läßt zumindest die Hypothese der personalen Identität des Anrufers wieder zweifelhaft werden: Es geht um Entführung, zumindest sieht es eine Zeit lang so aus.

Am 13. Januar 2008 geht bei Habermehls Frau ein Brief ein (Stempel: Logistikzentrum Oberlausitz), in der unvermeidlichen Punk-Ästhetik fordert jemand mittels ausgeschnittener Zeitungslettern ein Lösegeld von 2 Millionen Euro, ein Foto von Habermehl, der die Süddeutsche Zeitung vom 12. Januar 2008 in Händen hält, ist mit einer Büroklammer am Brief befestigt. Ein Abgleich der Fingerabdrücke ergibt keinen Treffer in der Datenbank, verwertbare DNA-Spuren gibt es nicht. Ort und Modalitäten der Geldübergabe werden detailliert beschrieben und kategorisch festgelegt, genau so, wie's hier steht, keine Bullen, sonst Edelbert tot. Der Klassiker halt, denkt der Kommissar, nur ohne Verhandlungstelefonate mit verzerrter Stimme. Brigitte Habermehl informiert die Polizei, die Übergabe des Lösegeldes wird vorbereitet, es soll in einen Westwallbunker an der belgischen Grenze deponiert werden, ein unwegsames Waldgelände, von Panzersperren aus dem Zweiten Weltkrieg durchzogen. Irgendwie blöd, denkt der Kommmissar zum hundertsten Mal, wie haben die sich denn gedacht, da wegzukommen? Noch dazu Nachts, alles verschneit und verschlammt, das geht ja nicht mal mit Moto-Cross-Maschinen.

Der/Die Entführer hat/haben befohlen, die Tasche mit dem Geld am 15. Januar 2008 um 19 Uhr in den Bunker zu legen, aber die Übergabe (und geplante Festnahme) fällt aus, weil der/die Entführer nicht erscheint/erscheinen, 80 Polizisten hängen sinnlos in einem sackdunklen Eifelwald herum. Nach dem geplatzten Termin hat sich niemand gemeldet, der Kommissar hält die Lösegeldgeschichte längst für einen Fake. Aber mit welchem Ziel, fragt er sich. Etwa mit dem Ziel, daß meine Hypothesen zuschanden werden?

Also nochmal, denkt der Kommissar. Was haben diese drei Fälle gemeinsam?

Alle drei Verschwundenen sind nicht mehr die Jüngsten. Geschenkt. Alle sind sexuell auffällig, aber in höchst unterschiedlicher Weise.

Hast Du sie noch alle, denkt der Kommissar. „Auffällig"? Was soll das denn sein? Du denkst ja wie ein Pfaffe. Oder gerade nicht. Gut, Siegmund ist verurteilt und eine Sau (gewesen). Was Berlinger angeht, vermute ich nur, daß er eine Sau ist (war). Und der Dritte? Nutten, ach du Scheiße, da müßten wir das halbe Land für „auffällig" halten.

Zwei sind wohlhabend, einer nicht.

Nein, denkt der Kommissar, die einzige Gemeinsamkeit ist diese blöde Autobahn, an der man ihre Karren gefunden hat. Und vermutlich ein das jeweilige Desaster auslösender Anruf. Aber dazu fällt mir heute abend nichts mehr ein. Der Kommissar holt die letzte Flasche Chardonnay aus dem Kühlschrank.

Lebenswelt

Schon oft hat sich Cleo über das Mensaessen geärgert, aber diesmal reicht es ihr. Sie präsentiert die Salatschüssel der Frau an der Essensausgabe, da sei Viehzeug drin.

Wo ist denn hier bitteschön Viehzeug?

Na das Schwarze da.

Das sind Gewürze, die tun wir immer rein.

Seit wann bewegen sich Gewürze, fragt Cleo und kippt der Frau den Salat ins Gesicht, was eine Art Tumult auslöst. Der Chefkoch (oder wie immer das in einer Mensa heißt) macht den Vorfall, wie man so sagt, zur Chefsache und stellt Cleo zur Rede. Diese sagt Fick Dich, tritt einen versifften Tellerstapel von einem Servierwagen und verlässt provozierend langsam die Mensa. Ich könnte mit dem Arsch wackeln, denkt Cleo, der ist ja noch halbwegs beieinander. Was sie denn auch tut.

Draußen fragt Georg, der alles beobachtet und wie üblich bewundert hat: Was war denn?

Georg ist 24, hat unlängst seinen Bachelor of Science absolviert und ist in die 16 Jahre ältere Cleo verliebt. Cleo hält junge Männer für banal, doch deren Gier schmeichelt ihrer Eitelkeit und sie hat früh gelernt, welkes Fleisch zu hassen. Zudem haben diese jungen Männer etwas aufreizend Hündchenhaftes; sie spreizen sich auf, rasseln Wortkram von Heidegger, Quine oder Foucault herunter, gehen aber brav bei Fuß. Wieder andere sind in ihrer Blödheit ganz bei sich, unverbildet, sie haben das Gemüt eines Achtjährigen und ihr namedropping reicht über Automodelle und Fußball nicht hinaus. Gehen sie mit Cleo in eine Kneipe, scannen sie mit zusammengekniffenen Augen die dort versammelten Paviane, in der Hoffnung, dass einer Cleo zu lange anstarrt, dann könnten sie den Beschützer geben. Doch egal, ob Student oder Handwerker – sie bellen, machen Männchen, es ist ein großer Spaß, denkt sie, dieser Eifer, der jederzeit in die Pose der Unerlöstheit kippen kann, und im Nu hat Cleo gute Laune, die Welt dreht sich weiter, sie lehrt diese jungen Männer ein paar Sachen, die sie schon bald gut gebrauchen können, wenn es Cleo wieder einmal fad geworden sein wird und die jungen Männer gezwungen sein werden, die nächstbeste Fünfundzwanzigjährige in einer Kneipe davon zu überzeugen, dass man besser auf die Bude des jungen Mannes gehen sollte, um sich dessen Suhrkamp- oder Modellautosammlung anzuschauen.

Cleo will kein Studium absolvieren, das hat sie schon getan, sie will nach längerer Pause (wg. Zeug) *weitermachen*, im Sinne der Formulierung ihres Philosophieprofessors, der über einen Bekannten abschätzig gesagt hat: Der hat ja nicht weitergemacht.

Der Bekannte hat zwar eine Magisterprüfung absolviert, sogar mit Auszeichnung, doch für diesen Professor beginnt der Mensch mit der Promotion, streng genommen mit der Habilitation. Cleos Psychologiediplom ist somit subhuman. Zudem ist es mittlerweile auch nichts mehr wert; um promovieren zu können, muß sie zunächst ein sogenanntes Masterstudium absolvieren, sie stellt sich der neuen Maschinerie, scheiß drauf. Sie bringt diesem Professor so etwas wie Verehrung entgegen, das ist widerlich, denkt Cleo, alte Männer sind widerlich und junge banal.

Ich muß weitermachen, er darf mich nicht verachten. Hingabe an den Gegensatz all dessen, was brauchbar und nutzbar ist.

Was hast du die letzten Jahre gemacht, fragt Georg. Ich will es jetzt wissen. Ich will mich nicht mehr verarschen oder anmachen lassen, was hast du gemacht?

Wirst du frech, Kleiner? Nein, du wirst nicht frech, oder?

Ich liebe dich, Cleo. Laß das Theater.

Es geht dich einen Dreck an, Kleiner. Du unterhältst mich. Wenn du dich aufplusterst, schmollst, die Welt aus den Angeln heben willst und davor Schiß hast, du bist so herrlich weit weg von dem ganzen Scheißspiel da draußen. Dein Gezappel und Gekrähe, dein bedeutungsvolles Brüten – einfach nur geil, es fällt mir so leicht, wieder melancholisch zu werden, wie früher, immer nur zynisch, das langweilt, ich habe mich nach dieser Melancholie gesehnt, du bedienst ihn perfekt, meinen Hang zur Melancholie, schau Cleo, sage ich mir, wie der junge Mann sein Rad schlägt, er weiß nichts, er kann nichts und der göttliche Vater nährt ihn doch. Einfach nur geil traurig. Du stehst in einem rührenden Bühnenbild rum, linkisch, das Stück heißt Vanitas, zigtausendmal aufgeführt von der Theatergruppe des Heimatvereins Dingsdorf. Deshalb mag ich dich. Im Gegenzug bekommst du professionellen Sex, ich glaub kaum, dass die Barbies in deinem Alter das hinkriegen, die haben ein bißchen youporn hinter sich, mit etwas Pech sogar nur RTL 2. Wenn's hoch kommt ein paar Mal besoffen Fetenbumsen.

Ich respektiere dich, Cleo. Ich würde niemals, egal, was da bei dir war, also, ich würde niemals ... Vergiß es, du bist ja leider auch feige, und das ist schlecht, nicht per se, per se ist es menschlich, aber die Zeiten werden härter, und da kann ich Feiglinge nicht gebrauchen.

Was soll das heißen? Cleo, wenn du Hilfe brauchst ... was immer da in deiner Vergangenheit war, das schultern wir gemeinsam, ich kann uns auch eine Waffe besorgen, ein alter Schulfreund hat da connections.

So so, wir „schultern" also. Du willst den Rambo geben und prompt klingt es nach Bibliothek. Und einen Schulfreund brauchst du auch noch. Vergiß es, geh Barbies suchen.

Eine herrliche Kasperei, sie kickt die Bengels weg, sie hat ja Ludwig in Reserve, den Stahlarbeiter. Ihren Lakaien. Erwiesenermaßen hundsartig treu und zu allem bereit.

Kommissarwelt

Die letzte Flasche Chardonnay schmeckt nach Kork. Der Kommissar trinkt sie trotzdem und mault bei jedem Schluck lauthals vor sich hin, wie beschissen dieser Wein schmeckt. Es hört ihn niemand, aber er würde auch dann deutlich vernehmbar vor sich hinmaulen, wenn seine Wohnung hellhörig und von neugierigen Nachbarn umzingelt wäre, sogar in der Öffentlichkeit würde er vor sich hinmaulen, er ist in der Laune, sich daneben zu benehmen. Es soll ihm jetzt bloß niemand dumm kommen. Was nicht passieren wird. Denn er hockt ja in seinem Lebensmuseum, wie jeden Abend, die Innenwände des Mietshauses sind gut isoliert und die Nachbarn still, geradezu verhuscht. Ein Ehekrach nebenan wäre mal was, denkt der Kommissar, Porzellanbruch, Schreierei, Schläge, dann könnte ich, nicht zuletzt kraft meines doppelten Körpers (zum einen der Nachbar, zum anderen die Amtsperson, der eine hat Fäuste, der andere Autorität) *the girl next door* retten, woraus ein Vertrauensverhältnis nebst nächtlichem Gewisper inklusive Lebensbeichte etcetera folgen könnte. Lebensbeichte ist besonders geil. Aber es passiert halt nichts, denkt der Kommissar, alles muß ich erfinden. Wie ich diese verfickten Tagträume hasse. Na ja, hassen *würde*, wenn ich abends (da kommen die Tagträume) nüchtern wäre. Ferne Ahnung von Haß, laß die Tagträume zu, sei nett zu dir, denkt der Kommissar. Brüllt in sein Lebensmuseum: Sei nett zu dir.

Stille im Mietshaus. Der Kommissar schiebt eine DVD in das Dreckslaptoplaufwerk. Sie dokumentiert, wie die weibliche Jugend Osteuropas unter amerikanischer Regie an ihrer Zukunft baut (*Ouh mein Goood, schau dir dieses aufgefickte Arschloch an!!*), der Kommissar guckt kurz hin und klickt die osteuropäische Jugend weg.

70

In der Nachbarwohnung fallen Schüsse. Jemand schreit. Endlich, denkt der Kommissar und stolpert zur Tür.

Die Nachbarin ist sommernächtlich (also leicht) bekleidet, der Kommissar sieht sie gerade noch im Treppenhaus verschwinden, während ein Glatzkopf unschlüssig in der Wohnungstür steht und glatzkopfübliches Hasszeug plärrt, die Pistole in seiner rechten Hand hängt nach unten, baumelt vor sich hin, der Glatzkopf plärrt weiter, die Pistole baumelt und der Glatzkopf bemerkt den Kommissar erst, als dieser ihm seinen Ellenbogen in die Fresse rammt. Das ist schlecht für Nasen- und Jochbein des Glatzkopfes, folglich entgleitet ihm (es geschieht in der Tat gleitend, ergo sanft) die Pistole, woraufhin er sich fluchend und blutend ins Treppenhaus setzt.

Der Kommissar asserviert die Pistole im Eisfach seines Kühlschranks, ruft seine Kollegen an und schließt seine Wohnung ab. Dann rennt er nach unten. Nachsuche. Nachbarin, leichtbekleidet.

Sie ist nicht weit gekommen. Eine Rentnergruppe umringt die Nachbarin, offenbar bestrebt, beruhigend auf sie einzuwirken, was allerdings in ein derart massives Wohlwollen ausartet, daß die Rentner (sie haben gerade ein Lustspiel im Kommödienhaus besucht) immer lauter werden, schon wieder wird die Nachbarin angeplärrt (jetz beruihsche se sisch doch emol, was is dann bassiert, des werd scho widder), es klingt dem Kommissar nicht freundlich, eher nach unmittelbar bevorstehender Lynchjustiz, sollte diese derangierte Person sich eben nicht bald "beruihsche".

Der Kommissar stellt sich vor. Sofort geben die Rentner Ruhe, die Nachbarin erkennt ihren Nachbarn und geht auf ihn zu, als zwei Streifenwagen neben der

Gruppe anhalten. Der Kommissar erläutert seinen Kollegen die Situation (Notwehr), die Besatzung des einen Streifenwagens rennt zum Wohnhaus, um sich des Glatzkopfs anzunehmen. Die Nachbarin bedankt sich beim Kommissar und steigt in den zweiten Streifenwagen.

Kein nächtliches Gewisper, keine Lebensbeichte, denkt der Kommissar. Sowas kommt also raus, wenn ich mir mal *nichts* ausdenke.

15. Juli 1994
Leute werden auffällig

+++Angesichts stark erhöhter Ozonwerte im Ballungsraum Rhein-Main warnt der Verband der Automobilindustrie vor Panikmache +++Pünktlich zum Ferienbeginn genügen die niedersächsischen Badegewässer den Hygieneanforderungen der entsprechenden EU-Richtlinie+++

Lebenswelt

Waldszenerie. Ein Fluß in einer Schlucht, am östlichen Ufer der überwucherte Einstieg in eine Sandsteinhöhle, am westlichen ein Tarnzelt. An beiden Ufern Grenzsteine aus dem späten 18. Jahrhundert.

Ich hab gut 48 Stunden Zeit, denkt Herbert. Hoffentlich krieg ich das Vieh vor die Linse. Zwei Tage Verschwinden sind ziemlich viel, wenn man ein Familienunternehmen mit 250 Angestellten führt, doch seit Herbert die Tierfotografie entdeckt hat, müssen es halt altgediente Mitarbeiter richten, Tiere haben ihr eigenes Maß. Gerüchte berichten von einem Luchs.

Das wäre sensationell, die sind hier vor Jahrhunderten ausgestorben, und die Ostgrenzen sind erst seit wenigen Jahren auf. Wahrscheinlich nur eine große Wildkatze, oder einfach Quatsch, ein Gerücht eben.

Er schaut durch die Kamera. Er ist nicht bei der Sache, dass er an diesem Tag in seinem Tarnzelt hockt, hat nichts mit einem Luchs zu tun, er hat einfach nur weggewollt, keiner soll ihn angehen, keiner soll merken, dass er in einer Stimmung ist, als habe er sich das Hirn mit einer starken Droge weggeschossen.

Vor der Sandsteinhöhle tollen Frischlinge herum. Die Sauen werfen mittlerweile mehrmals im Jahr, vielleicht sollte man wirklich draufballern, aber gnadenlos und flächendeckend, mit einem Hauch von Genozid.

Jagdeinladungen von Geschäftspartnern hat Herbert stets abgeschlagen, er versteht nicht, was es soll, immer genau so viel von den Viechern übrigzulassen (und darüber hinaus neue anzufüttern), dass auch ungeübte Schützen was für über den Kamin bekommen.

Eine Bache mit sichtlich mieser Laune verscheucht die Frischlinge. Kurz darauf das unvermeidliche Rehrudel. Eine halbe Stunde später Kleinviehzeug (Baummarder, Fuchs, ein offenbar wildernder Jagdterrier). Stunden später ein einsam wandernder Rothirsch, ein Luchs. Herbert bekommt es nicht mit, er kauert auf seinem Klapphocker, nippt ab und zu an seinem Flachmann (Obstler von regionalen Streuobstwiesen) und wird wach. Er findet Wörter für die Wirkung der Droge (die Welt läuft an einem Akkord entlang, nicht Es-Dur, nicht a-moll, eher etwas Zigeunerhaftes, langsames crecendo, bis die Welt nicht mehr mitkommt und endlich verschwindet). Herbert zwingt sich, sich an die Welt zu erinnern, sie ist ihm völlig gleichgültig. Von einem Menschen körperlich abhängig zu sein, ist doch unmöglich. Feromone oder wie das Zeug heißt, machen doch nicht süchtig.

Aber ich muß es wohl so beschreiben, denn wenn die Wirkung nachlässt, nichts mehr klingt und die Welt mich wieder eingeholt hat, ist das kaum auszuhalten. Dann muß ich sie sofort sehen, damit ich der Welt wieder abhanden kommen darf. Aber das funktioniert nicht, das kenne ich nun ja schon. Ich kann ihre Nähe nicht kaufen wie Heroin oder Koks. Da hinkt der Drogenvergleich dann doch erheblich.

An diesem Tag freilich ist alles gut. Herbert hat die bislang stärkste Dosis Irina genommen, das wird eine Weile vorhalten. Dennoch fürchtet er sich bereits jetzt vor dem Turkey, der kommen und weit schlimmer ausfallen wird als je zuvor, denn sie waren sich noch nie so nah gewesen und Irina lässt auf ein Maß an Nähe immer das exakt gleiche (??) Maß an Distanz folgen, sie hat dafür eine Formel, denkt Herbert, die ich nicht begreife, wie rechnet man Zutrauen in Tage, Wochen etcetera um?

Anfangs ist Herbert aktiv geworden, hat Irina angerufen, wenn sie sich tot gestellt oder in reinen Geist aufgelöst hat. Bald jedoch hat er das wieder gelassen, denn jede dieser Interventionen hat (Irinas unbekannter Formel folgend) die Distanz vertieft, die Zeit der Trennung verlängert.

Längst respektiert er Irinas unbekanntes Maß, was bleibt ihm anderes übrig, versucht gar, ihren scheinbar (es gibt ja wohl diese ominöse Formel) improvisierten Etüden über die Wechselwirkung von Nähe und Distanz Genuß abzugewinnen.

Aber wie soll das denn bitteschön gehen, dem Nichtvorhandensein eines Genussgiftes etwas abzugewinnen, das ist verkopfte Scheiße, spätestens in zwei Wochen werde ich leiden wie der sprichwörtliche Hund. Und diesmal wird sie sehr lange weg sein. Und irgendwann – nach Monaten, Jahren? – wie hingebeamt vor mir stehen und sagen: Trinken wir einen! Wie sie's immer getan hat.

Herbert hat das für seine Altersklasse Übliche erlebt und drückt das auch genau so aus. Das Übliche. Dann sagt er noch: Man muß darüber nicht genauer werden. Selbstverständlich hat er auch das Projekt „Unternehmergattin hält ihrem Mann den Rücken frei, sorgt für gehobene Stimmung bei Geschäftsessen und erhält dafür eine Designerküche nebst Cabriolet" initiiert, dieses auf Dauer angelegte Projekt allerdings nach fünf Jahren abgebrochen (nicht ganz das Übliche, gewöhnlich laufen solche Projekte in seinen Kreisen länger, weil Nutten auf Dauer billiger kommen als Alimente).

Doch an diesem Tag ist alles gut. Die Sonne steht tief und der Wald im Goldflitter, auf dem Fluß weiße Sterne. Kein Luchs, denkt Herbert. Gut so, weil mittlerweile viel zu viel Obstler, um eine Profikamera bedienen zu können. Vergiß die Optik, hör einfach hin. Schwarzspecht, Hohltaube, Singdrossel. Das reicht.

Als Herbert an diesem Tag gegen acht Uhr aufwacht, liegt Irinas Kopf in seiner Achselhöhle. Sie zuckt ein wenig, atmet aber ruhig. Er streicht ihr mit dem Zeigefinger übers Haar, um Beiläufigkeit bemüht.

Irina richtet sich auf. Was ist das hier, wo bin ich? Bei mir.

Haben wir gefickt oder so was?

Nicht, dass ich wüsste. Wir waren besoffen und haben beschlossen, uns ordentlich auszupennen.

In *einem* Bett?

Ich hab dir ja vorgeschlagen, im Gästebett zu pennen.

Machs nicht komplizierter als nötig, hast du gesagt.

Hmm. Echt nicht gefickt? Kein irgendwie gearteter Missbrauch?

Sie schauen sich an und lachen.Willst du was frühstücken, fragt Herbert.

Nee, bloß nix in den Bauch. Irina sammelt ihre Kleidung zusammen. War ein geiler Abend, soweit ich mich erinnere. Sollten wir öfter machen. Bis bald.

Herbert sitzt auf dem Klapphocker in seinem Tarnzelt und starrt. Wenn ich lang genug starre, wird das die vergangene Nacht hochspülen.

Immer mehr von Irinas klaren Sätzen kommen ihm in Erinnerung. Nur klare Sätze, keine Füllsel, keine Gemeinplätze (als Herbert sie darauf anspricht, anwortet Irina, der einzige Gemeinplatz, den sie akzeptiere, laute „Der Kaiser ist nackt"). Erneut erscheint ihm Irinas Sprache – er sucht nach einem Wort und erfindet „präsozial" – wie die eines belesenen und mit nichts als der eigenen Reflexion befreundeten Wildfangs, die Sprache eines Wolfskindes, das noch unverseucht ist von Gesellschaft und ihren Sprechakten.

Herbert lebt in einer Welt, in der das erhabene Reden von „Argumenten" schon bald sein agonales Stadium erreichen wird. Niemand kokettiert auch nur noch mit der (freilich gespielten) Naivität Habermas'scher Seminarzöglinge, jeder weiß, dass Argumente etwas Schmutziges sind, etwas für Vertreter, weil jeder weiß, dass man sich genauso gut die Fresse einschlagen könnte, aber da sind Gesetz und Polizei noch vor. Herbert lebt auf dem Markt (diese humanistische Gloriole um die griechische agora ist auch schmutzig, sagt Irina, da haben sich vor allem Interessenhändler und Pädophile rumgetrieben), der Markt beschert ihm Vorteile, etwa Immobilienbesitz in beglückenden Landschaften oder spontane Zwei-Wochen-Trips nach Französisch-Polynesien (letztere hat er seit der Scheidung reduziert).

Nein, kein aber. Mit Irina könnte ich das Marktleben weiter vor sich hinrattern lassen und es langsam vergessen. Ich könnte heil werden. Was fehlt, weiß ich ja nur durch sie. Und das ist zirkulär, mein Lieber. Vorher hat dir ja nichts gefehlt, du warst zufrieden. Und nun kriegst du sie nicht oft genug und erfindest existentielle Defizite. Ein Drogenproblem halt.

Herbert nippt an seinem zweiten Flachmann. Ziemlicher Schwachsinn, es umzufüllen. Hätte ich doch einfach die Literflasche mitgenommen.Mit was für Blödweibern ich mich früher abgegeben habe. Schon optisch. Nichts, das einen emotional auf die schiefe Bahn, in irgendeine erotische Raserei hätte treiben können. Moderatorinnengesichterchen mit öden Aerobicfiguren. Latschende Kleiderständer. Comicmädels, die Ober- und Unterlefzen auf Knopfdruck ausfahren und am Zahnfleisch festtackern. Wenn sie lächeln, sehen sie aus wie frisch gefoltert, nicht wie frisch gefickt.

Herbert redet laut mit sich selbst. Er gebraucht Irinas explizite Sprache immer häufiger. Noch hat er das nicht gemerkt.

Und irgendwann haben diese mondgesichtigen Trinen dann, inmitten ihrer Hofballwelt auch noch das *gender* entdeckt. Wie klar dagegen Irina: Männer können Scheiße sein, Frauen ebenfalls, und es bedarf der Analyse des Einzelfalls. Ich hab das oft erlebt, hat Irina gesagt, dass ein Typ seiner Alten aufs Maul gehauen hat; manche dieser Typen waren Schweine, andere wiederum haben genau das Richtige getan. Da gab es keinen Streit um die Sache, keinen Interessenkonflikt, sondern nur ein hassgesteuertes Vernichtungsprogramm der Alten, die freilich zu feige war, das auch real umzusetzen. Folglich hat sie gekeift, gejammert, schikaniert – bis der Typ die Agenda begriffen und sich gesagt hat: Na, wenn es darum geht, dann schütz ich dich mal vor dir und schalt dich kurz ab.

Niemand kann meinem Wolfskind etwas erzählen. Sie hat jene Stärke, die man mir und anderen in diesen erbärmlichen Managerseminaren anzuvernünfteln resp. anzupsychologisieren versucht. Saturiertes Pack hockt auf einem Schloß herum, zahlt dem Schwätzer fünfstellige Summen und denkt, derart könne die *Leistungselite* (kotz) *streetwise* werden – oder was haben wir Arschlöcher uns damals gedacht?

Herbert ist jetzt völlig außer sich, zugleich euphorisiert, weil er Irina kennen darf. Längst ist der Wald schwarz. Aber ich weiß ja gar nichts von ihr. Andeutungen nur, was sie erlebt hat, könnte furchtbar gewesen sein, eine Wichtigtuerin, die anderen eine getürkte Authentizität um die Ohren knallt, ist sie sicher nicht.

Herbert wühlt sich in seinen Schlafsack. Bevor er einschläft, fällt ihm der Name Cleo ein. Wer war das noch mal?

Ach ja, Irinas Freundin von der Franconia-Party, damals hat er sie ja kennengelernt. Und diese Cleo will Irina heute besuchen.

Kommissarwelt

Während der Bürgermeister von Bergnothstein in Akten blättert und wichtig daherredet, welche Wichtigkeit durch sein Dialektgestammel aufs Schönste konterkariert wird, erinnert sich der Kommissar an das Scheitern.

Schwerkraft, Röcheln, vulgo Mensch. Die Angst, diesem Menschen noch mehr Schmerzen zuzufügen, vulgo Beziehung. Vulgo Scheitern.

Der Körper in einem Krankenbett, im ehemaligen Kinderzimmer des Kommissars, die Mutter mit Putzen beschäftigt, während der Leichnam die Hände des Kommissars in die Matratze drückt. Früher hat der Kommissar das Staubsaugerdröhnen durch Brüllen abgestellt, erinnert er sich, am Tag des Scheiterns ist er dem Lärm nachgegangen, ins Wohnzimmer, hat seine Mutter angeschaut, sich abgewendet und entschieden: Der Vater wird in seiner Heimat beerdigt, das habe ich ihm versprochen und das wird jetzt erledigt. Jetzt wird erledigt.

Als der Bürgermeister von Bergnothstein über das jahrzehntelange Desinteresse des Verstorbenen an seiner Heimatgemeinde zu raisonnieren beginnt, packt der Kommissar den Mann am Revers und stopft ihm Scheine in die Jackettasche.

Bergnothstein liegt auf einem Felsen über dem Großen Fluß. Die Dörfler haben früher vom Großen Wald gelebt, als Holzfäller, Köhler, Jagdtreiber oder Wilderer, heute pendeln sie in weit entfernte Fabriken oder Büros und loben die Lebensqualität im Neubaugebiet. Die wenigen Bergnothsteiner, die eher vergrübelt als tüchtig geraten sind, träumen sich auf dem Fluß davon, reden sich das Dorf schön, als Tor zum Fluß, wo Handel Kultur und Kultur Horizonte evoziert. Dabei gibt es keine Binnenschiffer, nicht einmal Fischer, es hat sie nie gegeben, selbst die Personenfähre ist vor Jahrzehnten eingestellt worden, es wächst kein Wein an den Hängen von Bergnothstein. Es ist ein Walddorf (der Wald freilich nur noch Kulisse und Folklore, vgl. Köhlerfest des Schutz- und Gebrauchshundevereins), ein vom Wald verfluchtes Dorf, das an einem einsamen Fluß liegt, der die Menschen nichts angeht.

Denkt der Kommissar und schmeißt einen Sandsteinbrocken durch eine Fensterscheibe des Forsthauses, in dem der Vater aufgewachsen ist.

Der Vater war eher tüchtig als vergrübelt, erinnert sich der Kommissar, und ist sicher nie Gefahr gelaufen, sich auf einem Fluß davonzuträumen. Mit Fünfzehn haben sie ihn an die Oder geschickt, Granatwerfer bedienen. In einem ukrainischen Gefangenenlager hat er das Rauchen gelernt. Nach harten Jahren ist er weich im Adenauerland gelandet und Angestellter in einer Kreisstadt, einer kleinen Großstadt, einer großen Großstadt geworden. Regelmäßig ist der Vater in seinen Kindheitswald gefahren und hat vielleicht versucht, nachzudenken. Manchmal hat der Kommissar mitfahren dürfen. Über schmale Straßen, vierzig oder mehr Kilometer nur Wald. Während der nächtlichen Heimfahrten hat er sich in jener hellwachen Gruselbereitschaft verfangen, die Kindern eigen ist. Fast eine Stunde lang sind sie durch Dunkelheit gefahren, der Lichtkegel des Vaterautos hat eine Wildschweinrotte abgeschossen, einen Achtzehnender, einen Dachs. Auch ein Mörder könnte hier herumschleichen, hat der Kommissar während dieser Fahrten gedacht und sich ausgemalt, in einer Waldarbeiterkate zu leben, mit einer Kalaschnikow unter dem Bett (das K-Wort hat ihm der Vater beigebracht). Einmal hat er mit einer Faschingspistole auf den adligen Waldbesitzer gezielt, den *Fürscht*, dessen Erbprinzen sie in Bergnothstein heute huldigen. Der Fürst hat ihm gönnerhaft übers Haar gestrichen.

Der Kommissar wird durch den Dreck geschossen. Endlosschleife.

Der Pfarrer ergeht sich in Betrachtungen über die Seele des Verstorbenen und gebraucht durchgehend einen falschen Nachnamen. Er habe über diesen Kurt *Soundso* leider wenig erfahren (der Kommissar hat dem Pfaffen einen mehrseitigen, detaillierten Brief geschickt). Er wundere sich, so der Pfarrer weiter, warum der Verstorbene verfügt habe, unbedingt hier beerdigt zu werden, seines Wissens habe der Verstorbene sich jahrzehntelang nicht am Gemeindeleben beteiligt. Es folgt Sermonsroutine. Nach der Messe greift der Kommissar sich den Soutanensaum und sagt: Auf ein Wort, Herr Pfarrer. Ja, bitte? Der Mann, dessen Nachname Sie überfordert, hat gar nichts verfügt. Doch er hatte Humor. Und Ihre Mischung aus blöd, wirr und frech hätte ihn bestimmt amüsiert. Ich muß doch sehr bitten! Was bitte musst du, Dreckspfaffe? Der Kommissar zeigt dem Pfarrer zwei gestreckte Mittelfinger (er hätte gern zehn davon) und folgt der Verwandtschaft in Richtung Leichenschmaus. Die Onkel, Schwägerinnen, Nichten, Cousins und wie sie alle heißen, sind um den aus mehreren Tischen gebauten Fressbalken versammelt. Lehrer, Ärzte und Juristen nebst blonder Entourage. Einmal im Jahr treffen sie sich im Großen Wald, um der ja doch irgendwie *gemeinsamen* Herkunft zu gedenken, zu saufen (vor allem der Kommissar und die Juristen) und zu rauchen (nur der Kommissar und eine bestimmte Fraktion der Juristen). Erstmals ist eine Beerdigung Anlaß eines solchen Treffens, dennoch werden die im Lauf der Jahre kultivierten Gesprächsroutinen auch an diesem Tag freudig abgerufen, man entwickelt ja auch eine Ironieroutine, denkt der Kommissar so vor sich hin, während er in seinen Silvaner glotzt. Wir reden intentione obliqua, nicht intentione recta, das ist schon in Ordnung. Brabbelt er halblaut

in den Dreck, der *Grüß Gott* sagt und fragt, ob er das Hirn des Kommissars noch einmal waschen dürfe.

Was ist das denn schon wieder für ein elitäres Zeug, geht Cousine Andrea ihn an, die als Einzige sein Gemurmel gehört hat. Die Verwandtschaft schwatzt derweil augenzwinkernd über: Hessisches versus bayerisches Schulsystem (keine Entscheidung), Sinn versus Unsinn der edlen Jagd (Vorteile für die Jagdgegner), Rauchen verbieten respektive Raucher in Lager stecken (Aufregung an Ironiesauce). Andrea hat schon anderthalb Liter Silvaner getrunken, wirkt allerdings nicht so. Der Kommissar sagt, sie solle sich nicht um sein Gelaber scheren, er sei von den zurückliegenden Tagen wohl etwas mitgenommen und überhaupt ratlos, ja angsterfüllt angesichts der Gewalt, mit der diese Furie des Verschwindens über Welt und Leben trampele. Die arme Sau, die arme Sau – nur dies habe er am Grab des Vaters gedacht, gerade versuche er, darüber nachzudenken, was er damit gemeint habe. Vielleicht, dass das Leben dem Vater zwar schon vor langer Zeit abhanden gekommen sei, das Schicksal ihm aber immerhin noch einen ordentlichen Krebs beschert habe. Krebs, das sei doch mal ein Wort, das sei Leben pur, was aber sei denn bitte: Frau putzt, Sohn gerät (gerade so), Haus ist abbezahlt.

Laß diesen Zynismus, er macht dich kaputt.

Die Sippe trifft sich einmal im Jahr, und du bist, glaub ich, erst das dritte Mal dabei. Was weißt du denn? Laß mich in Ruhe. Trink.

Die Verwandtschaft wird des Schäkerns müde und bröckelt pärchenweise vom Fressbalken ab. Auch die Mutter des Kommissars verzieht sich in ihr Einzelzimmer, sie würde sich noch bis sechs Uhr morgens an ihrem Orangensaft festhalten, wenn die Anderen es so lange aushielten. Sie redet gern, über die Westerwälder Jugendjahre. Über die 35 Jahre Ehe kein Wort. Schließlich sind nur noch Andreas Eltern übriggeblieben, die sich zum Kommissar und ihrer Tochter gesellen und schnell wesentlich werden: Es sei nur noch eine halbvolle Flasche Silvaner da, und der Wirt wolle seine Ruhe. Als Eltern und Tochter sich um den Restwein zu balgen beginnen, dreht der Wirt das Licht ab. Der Kommissar handelt ihm für einen unverschämten Preis noch vier Literflaschen ab, die allerdings in den Zimmern zu trinken seien

beschimmert von Gottes Fingernagel. Die Mondsichel, der Dreck darunter.

Lebenswelt

Wann haben Sie zuletzt jemandem weh getan?
Ich formulier das anders.
Wie formulieren Sie es?
Abschalten.
Wann haben Sie zuletzt jemanden abgeschaltet?

Vorgestern.

Warum sagen Sie „abschalten"?

Weiß nicht ... technisch, lösbar, unproblematisch, so was vielleicht?

Wie haben Sie vorgestern jemanden abgeschaltet?

Mit einem Schraubenzieher. Sowas liegt rum, und überall Augen. Ausstechen, abschalten. Würdest du auch machen.

Jetzt spielen Sie.

Frag auf der Krankenstation nach, Arschloch.

Sie haben niemandem die Augen ausgestochen. Haben Sie Lust drauf?

Lust? Einen Dreck hab ich. Abschalten ist Hygiene, es gibt zu viele Keime, jemand muß die ausrotten. Ich seh das, in den bösen Augen, da nisten die Keime, in diesen entzündeten roten Augen.

Bleiches Gesicht, Hundezähne, schwarzer Mantel?

Du Wichser.

Entschuldigen Sie, das war jetzt wirklich blöd. Aber dieses „Abschalten" interessiert mich immer noch. Ist das so etwas wie ein moralischer Akt?

Was soll das denn sein, Doktorchen? Ich hab doch klar und deutlich von Hygiene gesprochen. Ich will mich nur schützen, wie jeder.

Also keine Lust, keine Moral. Sondern Sorge um sich selbst – kann man das vielleicht so nennen?

„Selbst" ist ein Spiel, das unser Gehirn mit uns ...

Ja ja, weiß ich. Und Sie glauben diesen Blödsinn gern. Weil es technisch, lösbar, unproblematisch klingt. Man labert ein bisschen vom Gehirn und durch dieses Wort aller Wörter hat man den ganzen Sprachballast – ähm, abgeschaltet. Diese lästige Versteherei. Dann doch besser Verkabeln, Schalten, Dahinträumen.

Weißt du, Doktorchen, das ist immer dasselbe mit dir.

Bei jeder Unterhaltung. Erst windest du dich, weichst aus – tust überhaupt derart geschmeidig, dass man dir am liebsten eine reinhauen würde. Nach anderthalb Minuten eine kleine Arschlochgeste, noch eher verhuscht als frech. Und dann, so nach spätestens drei Minuten, Offensive, großes Arschlochkino. Darauf haben sie dich an der Uni konditioniert, das ist einfach lächerlich.

Aber Sie sind jetzt ziemlich sauer auf mich, das ist doch auch was.

Sauer bin ich sowieso. Du hast gar nichts erreicht, du wirst nichts erreichen, du kannst auch nichts erreichen, Clown. Gegen Blödsinn bin ich resistent. Probiers doch mit Lobotomie.

Der Arzt schreibt Zeilen in einen Notizblock und bittet Cleo aus dem Zimmer.

Es ist ein herrlicher Sommerabend, die Schatten im Klinikgarten werden länger und Cleo geht zum Weiher. Lothar Berger sitzt auf dem Steg, im Gegenlicht wie drapiert, Sonnenflitter um den kahlgeschorenen Kopf.

Ist der Kopf besser, fragt Cleo.

Seit gestern tut es nicht mehr weh und ich bin sehr ruhig, sagt Lothar. Sie fassen sich an den Händen und lassen lange nicht los.

Ich muß aufs Zimmer. Irina kommt bald.

Ich weiß.

Lothar Berger ist Teil der Klinikwelt, Irina dagegen ein Gast, und Cleo möchte es gerne trennen. Doch ihre Freundin ist bereits im Garten, winkt, und rennt auf sie zu. Sie umarmen und küssen sich unter der Ruine eines Birnbaums, dessen Verfall der empfindsame Klinikgärtner (er hat seiner Geliebten Haut in der Form eines Sonnenrads aus dem Rücken geschnitten und die Frau angezündet) mit Bedacht arrangiert, er hat die fast abgebrochenen, nur noch an Rindenresten hängenden Stammsplitter und Äste mit Moniereisen fixiert, ein toter Baum als Groteske, was in unbestimmter Weise fernöstlich wirkt und folglich zum Nachdenken anregt.

Während die Frauen sich küssen, schaut Lothar Berger Haubentauchern zu. Er hat Cleo vergessen, weil er sie nicht sieht. Sein Kopf taugt nur für das visuelle Präsens; könnte Lothar Berger diesen Zustand mit früheren Zuständen vergleichen, wäre er wohl glücklich.

Cleo plappert los, über Irinas feather cut, Hosenträger, Docs und so weiter.

Megaretro, geil! Was ist das denn für ein scheiß-t-shirt: *No one likes us, we don't care.*

Zeug halt. Sie haben übrigens nichts rausgefunden.

Was ...?

Sie haben *die Akte geschlossen.* So nennen die Grünwichser das. Die Typen waren wohl ziemlich clever.

Haben die wenigstens das Haus gefunden?

Ich bin mit denen stundenlang durch die Gegend gefahren. Bin jetzt nicht mehr sicher, ob das Haus überhaupt existiert.

Die glauben uns nicht, oder?

Doch, aber sie finden halt nix.

Irina sagt Cleo nicht, wie widerlich es war. Die Andeutungen, Cleos Verletzungen könnten mit Drogen, borderline o.ä. zu tun haben –

denken Sie noch mal nach, ob Sie ihrer Freundin die Verbände vielleicht nicht doch selbst angelegt haben, unsere Kollegen haben am Körper ihrer Freundin ja nicht einmal Spermaspuren gefunden.

Die haben ja auch aufs Parkett gespritzt, Herr Wachtmeister.
Hauptkommissar ist die korrekte Bezeichnung. Aber egal, zum Parkett brauchts ein Haus. Und das haben Sie uns bislang nicht zeigen können.

Es ist nicht einmal ein Jahr her, dass Cleo und Irina im Wald aufgewacht sind, Bachrauschen (Tonblende) Sommerregen. Jemand hat die Frauen ans Ufer geschmissen, auf eine Sandbank, die von einer Wasseramsel bewacht wird. Kennen die zwei Bastarde diesen Wald oder ist es Zufall, hat sich Irina gefragt (Cleo hat sich nichts gefragt); die Ermittler haben den adligen Waldbesitzer befragt und sich für die Befragung entschuldigt, selbstverständlich ziehe seine naturgemäße Waldwirtschaft viele Menschen an, Wanderer, Pilzsammler, Tierfotographen etcetera, Zigtausende seien mit diesem Wald vertraut.

Sie und Ihre Freundin haben nachweislich LSD konsumiert, das können Sie noch so oft abstreiten.
Eine eher vorgestrige Droge, wenn Sie mir die Bemerkung gestatten, macht ja nicht gerade fit for fun. Oder ist das schon wieder retro?

Irina bemerkt Lothar Bergers Silhouette am Weiher. Ein Sonnenuntergang gibt nichts zu denken. Was soll man über diesen Stern überhaupt denken? Über dieses irgendwie Alles? Monstergeschichten, Kinderkram, die Sonne ist öde, generiert seit alters her allgemeines Lallen. Schon klar, geht nix ohne sie. Reflexion folglich tot. Religion, übernehmen Sie!

Und dann steht sie plötzlich vor dir, pulsiert, spritzt, leckt nach dir. Aus dem ersten Prinzip ist ein Gegenüber geworden ... das ist doch Quatsch, denkt Irina und versucht, einen Gedanken zu fassen. Ihrer Erfahrung nach gelingt das sehr selten im Leben.

Feuer ist banal, selbst wenn es in Form von Phosphorbomben daher kommt. Immer bleibt etwas übrig.Nein, Sonne ist kein Feuer.

Sie küsst Cleo und rennt aus dem Klinikgarten. Höchste Zeit, einen Gedanken zu fassen.

Kommissarwelt

Also diesmal, denkt der Kommissar, als es an der Tür klopft. Andrea taumelt in seine Richtung, fängt sich, reckt ihm eine Weinflasche entgegen und deutet auf deren Hals. Sie habe keinen ... Flaschenöffner, nee, Korkenzieher, ob er das Ding irgendwie aufmachen könne. Der Kommissar öffnet die Flasche. Sie reden über Zynismus. Andrea rhapsodisch und bemüht, den Nachhall zu erfassen, den ihre Gedankensprünge beim Kommissar möglicherweise auslösen. Intensive Abwesenheiten, denkt er. Das haben die wilden Töchterchen ja trainiert. Der Kommissar um Begründungen bemüht, zornig über seine ausschweifenden Satzperioden, die zuverlässig in Schweigen verenden. Tiraden, die andeuten sollen, er sei aller Tiraden müde, denkt Andrea. Dabei haben sie einfach nur Angst, diese Typen. Weil sie ein bißchen Biographie haben. Sie schauen sich giftig an.

Ein Zucken im Dreck.

14. Mai 2006
Gott schaut vorbei

<u>Nachrichtenwelt</u>

Kurt Beck wird zum Bundesvorsitzenden der SPD gewählt.

<u>Lebenswelt</u>

Lues und Syphilis in ganzheitlicher Betrachtung liest Cleo, überfliegt die Zusammenfassung des Artikels mit anschwellendem Widerwillen, blättert weiter in dem Heftchen und entdeckt eine Annonce, die das Wegbeten von durch Chlamydien verursachten Warzen im Genitalbereich propagiert.

Was ist das denn für ein Idiot.

Sie sitzt allein im Wartezimmer eines Mediziners, der ihr empfohlen worden ist, *weil er die Schulmedizin zwar beherrscht, aber auch deren Defizite sieht* – so ungefähr die Formulierung einer Bekannten. Jedenfalls ist dieser Arzt sowohl *Dr. cum grano salis* als auch Naturheilkundler mit Neigung zur Homöopathie. Die Wartezimmerheftchen sind laut Impressum von Menschen respektive einem wirtschaftsrechtlich ausdifferenzierten Agglomerat von Menschen verfasst worden, die sich Urchristen nennen. Viel ist in den Heftchen von Tieren die Rede, man solle sie nicht essen, auch die Pflanzen seien unsere Geschwister etcetera. Das war ein Scheißtip von dieser Bekannten, denkt Cleo, als sie ins Sprechzimmer gerufen wird. Ich hab doch nur ein paar Warzen am Arsch.

Man kann das operieren, sagt der Arzt, man kann die befallenen Hautpartien abtragen, doch da kann es zu Nachblutungen kommen, dann wachen sie nachts um zwei Uhr auf, in ihrem eigenen Blut, und das wollen wir ja vermeiden.

Gibt es denn ein Medikament?

Nein, die Naturapotheke bietet in Fällen wie diesem keine Hilfe, Hildegard von Bingen etwa hat solche Entstellungen (was will der Idiot, denkt Irina) nicht gekannt, nicht kennen können, da die Menschen sich erst lange nach Hildegards Zeit derart gottfern …

Also was machen wir?

Es gibt eine Therapie, aber sie wird nur anschlagen, wenn Sie mitmachen.

Sie meinen: nicht saufen, rauchen, kiffen und so? Das ist doch Quatsch, davon kriegt man doch keine Geschlechtskrankheiten. Sowas kommt vom Ficken (sie stellt sich jetzt blöd, könnte ich auch lassen, denkt sie, der macht keine Witze, der ist wirklich *spirituell*, wie ich das hasse).

Nein, das meine ich nicht. Obwohl uns Jesus und seine Prophetin auch gelehrt haben, unseren Körper als Gefäß der Seele zu hegen und nicht etwa mutwillig zu zerstören. Nein, ich meine etwas anderes. Sie könnten lernen, zuzulassen.

Was?

Ein Gebet zum Beispiel.

Ich mag keine Halbheiten, Herr Arzt. Ich bin mir zumindest einen gescheiten Exorzismus wert, so wie damals bei dieser Tante aus Klingenberg, *Annalisa, Annalisa, growl like rabid dog* (Cleo versucht sich an einem gehässigen Röcheln in John Lydons Manier). Kriegen Sie das hin, Herr Arzt?

Verlassen Sie auf der Stelle meine Praxis.

Cleo schlendert durch die öffentliche Grünanlage, die sie seit fast zwanzig Jahren kennt. Die Anzahl der Hunde hat sich im Lauf der Jahre ungefähr verdreifacht und Cleo denkt nach über *god which is backwards spelled dog*. John Lydon hat das damals sicher nicht lieb, also pantheistisch oder so gemeint, Bruder Tier und der Quatsch.

Warum gibt es immer noch Leute, die über sowas reden? Über Einhörner, Werwölfe, Götter, Gott? Ich kapier es ums Verrecken nicht. Muß man psychisch krank sein, um zu glauben? Muß man ein Mann sein? Kann man ja im Hexenhammer nachlesen: *Das Wort femina nämlich kommt von fe und minus (fe = fides, Glaube, minus = weniger, also femina = die weniger Glauben hat).*Die Inquisitoren waren nicht blöd.

Warum soll ich mir Stories zu eigen machen, sie mir überhaupt nur anhören, die sich irgendwelche Kameltreiber vor zigtausend Jahren am Lagerfeuer erzählt haben? Da ist doch nix! Wenn es gute Stories sind, ja klar, dann kann man die weiterspinnen, sowas wie: Dämonen entstehen aus *Luft, die der Eigenschaft der Erde nahekommt* und ihre Augen sind nur *gemalt*. Als Succubus *überkommt* solch einen Dämon *von einem schändlichen Manne Samen*; *ist jener* [Succubus] *eigens diesem Mann zugeordnet, und will sich nicht bei der Hexe zum Incubus machen, so wird jenen Samen derjenige Dämon dem Weibe oder der Hexe überbringen, der der selben zugeordnet ist; und zwar wird er sich bei der Hexe zum Incubus machen unter einer bestimmten Konstellation, die ihm dienlich ist, so daß ein also Geborener (oder eine also Geborene) an Kräften stark zur Vollbringung von Hexentaten werden wird.*

Ist ja schon mal was, könnte eine unterhaltsame Kurzgeschichte werden, die in einem Disneyschloss spielt. Wir haben ja nur Wörter. Was die später aus den Kameltreiberstories gemacht haben, ist schon interessanter, zum Beispiel dieser Mönch hier.

Sie sitzt auf einer Bank und liest in einem Buch, das sie vor dem mißglückten Arztbesuch in der akademischen Buchhandlung Lobsam gekauft hat. Die Kapitel 2 bis 4 seien entscheidend, hat ihr der Buchhändler mit auf den Weg gegeben, ein in braunem Cord gegen die Welt verbarrikadierter Mann mit fettigen Haaren und einem schwachen Glühen in den Augen. Kapitel 15 sei aber auch nicht schlecht, da gerate alles wieder in die Schwebe.

Der Mönch geht folgendermaßen vor: Er tut wie ein Kind und schreibt die Wörter „Du bist das Größte, das gedacht werden kann" hin. Das, so der Mönch weiter, *glauben* „wir". Wie ein Kind halt, denkt Cleo, das „Größte" *überhaupt* (Klitschko, Batman etcetera). Über die Bedeutung von „groß" wird der Mönch nicht präzise. Dann schreibt er: Wenn nun aber das Größte, das gedacht werden kann, nicht existiert – dann ließe sich ja noch Größeres denken, nämlich das Größte, das gedacht werden kann und existiert. Cleo wird unruhig; sie begreift nicht, warum „existieren" (was heißt das genau?) zur „Größe" gehört. Jedenfalls, so folgert der Mönch, müsse das „Größte, das gedacht werden kann" auch existieren, das folge aus eben diesem Begriff. Und deshalb sei man aus rein logischen Gründen gezwungen zu sagen: Gott ist. Man müsse es gar nicht glauben.

Cleo ist irritiert, weil sie Wörter sieht, wo der Mönch so etwas wie logische Zwänge zu sehen scheint. In Kapitel 15 wird es dann in der Tat noch wirrer. Da glaubt der Mönch: „Du bist größer als alles, das gedacht werden kann". Cleo fühlt sich verarscht und blättert zurück, an den Anfang des Buches. Noch diesseits der Kapitelreihung steht ein Gebet. Der Mönch bedankt sich bei Gott, wofür, ist nicht ganz klar, doch Cleo scheint es, daß er sich nicht zuletzt für jene Gedanken bedankt, die in den darauf folgenden Kapiteln entwickelt werden. Der Mönch scheint seine eigenen Gedanken für nicht denkbar zu halten, es sei denn, das „Größte ..." lasse dem Mönch die Gnade zuteil werden, diese Gedanken denken zu können. Folglich basiert der „Beweis" für die Existenz des „Größten ..." auf der Behauptung, daß man gewisse Dinge nur denken könne, weil sie einem von einer überlegenen Intelligenz offenbart worden seien, eine fiktive Prämisse, denkt Cleo, ein kompletter Blödsinn, eine Gedankenrocaille aus dem 11. Jahrhundert, ein gedrechselter Selbstbeschiss. Nichtsdestoweniger unterhaltsam, ich habe mich immerhin zwei Stunden damit beschäftigt.

Aber ich will ja offen werden für das Einfache, das Wesentliche. Zwing dich zur Blödheit, Cleo. Du kommst sonst nicht mehr an sie ran. Das sogenannte Spirituelle, der Wahnsinn nagt die Welt Der Frau an, Cleo ahnt es und will ihr helfen. Und *Helfen wollen* setzt bei Cleo einen Grübelmechanismus in Gang, das ist falsch, denkt sie, aber ich kann doch nicht anders.

Kommissarwelt

Wer über diesen Quatsch nachdenkt, soll mir vom Leib bleiben tippt der Kommissar in das Bemerkungsfeld unter der Rubrik „Sternzeichen" und klickt keines der lustigen Icons an. Unter „Hobbies" (das klingt nach Brieffreundschaften in den siebziger Jahren, denkt der Kommissar, so rotbäckig, ich sollte *basteln und wichsen* hinschreiben) vermerkt er: *Trinken (Alkohol), Rauchen (Diverses), Geld ausgeben, Schwadronieren, Grübeln, Faulsein – dies alles gern auch in exotischen Landschaften oder dreckigen Großstädten.* Unter „No Gos": *Esoterik-Schxxxxx* (er hat im Internetforum seines gottverdammten Fußballvereins immer wieder diese durch Fehlzeichen als Kraftausdrücke kenntlich gemachten strings bemerkt, es scheint sich um die Ironisierung sogenannter Netikette zu handeln, er will es gar nicht näher wissen, im Netz scheint man so zu schreiben, denkt er*), gender-Gelaber (egal ob auf Stammtisch- oder Seminarniveau), Wintersport jeglicher Art, anderer Sport (sofern er mit Wettbewerb, Sinnsuche oder Puritanertum einhergeht und nicht etwa mit Eitelkeit, disharmonisch verteiltem Körperfett etcetera).* Nach kurzem Überlegen fügt er hinzu: *Fußball interessant und spannend finden (man hat einen Verein und nicht etwa Fußball an sich, und dieser Verein ist nicht interessant und spannend, sondern Schicksal und das Schicksal schlägt einem gern mal in die Frxxxe, und das ist auch nicht interessant und spannend, es sei denn, es gibt jemanden, dem man seinerseits stellvertretend in die Frxxxe schlagen kann, damit dieses verdammte Schicksal mal ein paar Minuten Ruhe gibt).*

Der Kommissar überfliegt den sogenannten Persönlichkeitstest, bleibt an Wörtern hängen, an Zitatkeulen, geistreich, er kennt das von den Monitoren seines Fitneßstudios (Eitelkeit als Motiv für Leibesübungen ist ja erlaubt), gleitet über die Popups und bunten links der website, ein blödes

Gesicht grinst ihn an, vermutlich eine Privatsenderfresse, der Ekelreflex bewirkt ein nahezu hysterisches Klicken des Kommissars, die Hysterie verirrt sich in diverse links und endlich hat der Kommissar sich ausgeloggt.

Warum dieser Ekel, denkt der Kommissar. Es ist doch nur eine Recherche. Ich simuliere das doch nur, es geht doch nur um eine story. Meine Hypothese ist doch: Die Menschen haben die Unschärfe hassen gelernt. Die körperliche Präsenz von Stimme, Geruch, Mimik und Gestik verunsichert sie, und zwar desto mehr und desto schneller, je mehr an sogenannter Lebenserfahrung sie gesammelt haben. Was will der? Na was schon. Oder vielleicht doch nicht. Was will ich. Nichts mehr. Oder.

Sie wollen diesen Prozeß des Kennen-Lernens rationalisieren, wollen m.a.W. das Kennen **lernen,** eine wiederholbare Routine einüben. Das Kennen zu lernen geschieht über Tastatur und DSL, das Kennen zu lehren übernehmen Unternehmen, die unsere Wörter und Icons durch den kybernetischen Raum schießen. Nach ihren Regeln, vernünftigen Regeln. Die die Unschärfe vermeiden und das Runde aufs Eckige reduzieren. Und so lernen die Menschen heute das Kennen über Checklisten, in deren endliche Anzahl von Kästchen sie Häkchen setzen oder nicht. Hochschulabschluß. Reist gern. Weinkenner. Es hat schon etwas vom mündigen Konsumenten.

Doch diese kulturkritischen Reflexe laufen ins Leere, denkt der Kommissar, wer heute nicht mehr allein sein will (egal, zu welchem Zweck) muß halt diese Prozeduren durchlaufen. Eine gewisse Art von Unschuld scheint das Soziale verloren zu haben. Vielleicht wird es künftig weniger brüchig sein. Nach diesen Prozeduren sitzt man vielleicht in einem Cafe, schaut einem Profil in die Augen und unterbreitet ein Vertragsangebot. Sich verrennen war gestern. Aber wiegt dieser Verlust wirklich so schwer? Man könnte es so ausdrücken, denkt der Kommissar. Das Kennen über Checklisten zu lernen dient der sozialen Gesundheit. Wie Mediziner und Drogenbeauftragte uns Rauchen und Saufen austreiben, treiben uns die Internetunternehmen das blindwütige Verrennen in andere Menschen aus.

Wer früher eine Partnervermittlung beauftragte, hatte halt auf konventionellem Weg keine(n) abgekriegt. Wer sich heute dem Netz anvertraut, würde schon eine(n) abkriegen, sorgt sich aber um die Folgekosten einer *irrationalen Partnerwahl* (ein weißer Schimmel) und gibt das Ganze deshalb in die Hand der Internetunternehmen, deren Algorithmen man den Sinn für soziale Gesundheit zutraut.

Ich begrüße diese Entwicklungen. Aber jetzt brauch ich erstmal Kontakte, Profile, Tussen – für die story. Und dafür muß ich mich wieder einloggen.

Lebenswelt

Die Autobahnraststätte ist keine Sackgasse, sondern mit jener Bundesstraße verbunden, die den Großen Wald erschließt. Cleo reckt ihren linken Arm in die Abfahrt, den Daumen abgespreizt, und kommt sich vor wie vom Rummelplatz geklaut. *Trampen* klingt 2006 ungefähr so wie *Karussellschieben*, denkt sie, sie steht schon eine Stunde hier und hat sich an das Kopfschütteln und die "Scheibenwischer" der Automobilisten gewöhnt. Schließlich halten knapp zweieinhalb Tonnen Deutschland an, in der anthrazitfarbenen Geschwulst thront eine blonde Frau unbestimmbaren Alters und fragt Cleo, wo es denn hingehen soll.

Dinkelsbach.

Cleo kennt diese Gespräche von früher, als die Männer noch angehalten haben, wg. Fick auf dem nächsten Waldparkplatz. Ja, die Autobahn, das sei die Lebensader des Sozialen, man treffe unterschiedliche Menschen, nichts sei ja auch nur annähernd so interessant wie Menschen, die Menschen seien das Schöne am Außendienst, man entwickele ein Gespür für Menschen, Geschäfte würden ja zwischen Menschen gemacht etcetera. Dann, nächste Stufe, noch gebremst forsch: Was sie denn hier, am Arsch der Welt wolle, sie wirke doch eher urban.

Cleo hat während des Monologs der Frau Gelegenheit, diese zu mustern. Die hellblonden, von bernsteinfarbenen *Strähnchen* durchzogenen Haare wirken, als seien sie durch eine Flachshechel gezogen worden (Haarlack, denkt Cleo), was der Frau einen Porno- oder Privatsenderlook gibt. Die Lippen sind leicht nach vorn gewölbt, was Männer vielleicht an Oralsex, Cleo aber an Oberbiß denken läßt. Zu den Falten in der unteren Gesichtshälfte fällt Cleo auch nach wiederholtem Nachdenken nur das Attribut "zynisch" ein (wäre ja o.k.), aber so simpel kann das doch nicht sein, denkt sie, ich kann Leute halt nicht beschreiben. Wangenknochen slawisch, die Augen Pupillen, folglich schwarz. Titten oktoberfesttauglich. Cleo rekapituliert die Situation, in der sie ihren Rucksack gepackt hat. Der Armeedolch steckt in der rechten oberen Außentasche, sie hat ihn unmittelbar nach dem USB-Stick eingepackt, den Reißverschluß überdehnt und somit überfordert, weil die Dolchspitze sich zunächst im Stick, nein Quatsch, in den Goretexfalten der rechten oberen Außentasche des Rucksacks verhakt hat – woraufhin sie die Objekte justiert hat. Ich habe justiert, denkt Cleo, und zwar: Einen USB-Stick, einen Dolch.

Ich habe einen Dolch im Rucksack.

Warum Dinkelsbach, fragt die Frau.

Ich besuche eine Freundin.

Leben da nicht diese Irren, diese Sekte?

Cleo denkt sich einen Spaß aus. "Sekte", sagt sie, ist mir zu polemisch. Es sind Leute, die den spirituellen (sie unterdrückt ihren Würgereflex) Weg gehen. Ich will mir ein Urteil bilden. Cleo schaut verloren aus dem Fenster des deutschen Blechgeschwürs und registriert im Augenwinkel den Registerblick der Frau, die schaut so verloren, sagt der Registerblick. Ein froher, geiler Blick.

Beziehungsprobleme?

Ich muß das alles von Grund auf ... ach, ich weiß nicht.

Du mußt hart werden. Ich duz dich einfach mal, bin schließlich die Ältere, nehm ich mal an. Hast du Tabus? Vergiß sie. Interessiert keinen. Niemand wartet auf dich. Das ist deine strategische Chance. Deine Schwäche ist deine Stärke.

Laber, laber, wie oft denn noch, denkt Cleo. Hält dieses Businesspack denn nie das Maul? Was für ein trauriger Tag, an dem das Pack auf die Idee verfallen ist, auch noch mit Sprache um sich zu schlagen. *Träum nicht dein Leben, leb deinen Traum ...*

Ich weiß nicht ...

Hey – wie heißt du?

Cleo.

Schöner Name, ich bin die Martina. Mensch Cleo –

träum nicht dein Leben, leb deinen Traum! Mal unter Betschwestern: Hast du's schon mal mit ner Frau probiert?

Ich bin da nicht so festgelegt …

Weißt du, ich hab das ja nicht immer gemacht, Außendienst, Premium-Kosmetik. Früher hab ich im Sozialen gearbeitet, Leute zusammengebracht. Es gibt zuviel Einsamkeit. Aber weißt du, was mich immer angekotzt hat? Wenn Leute nicht über den Tellerrand … ääh … denken konnten. Nur auf *immediate reward* aus waren. Cleo, wir können die Welt rocken, wir müssen nur ein paar Jahre den Arsch zusammenkneifen – oder locker lassen – und schon rollt der Rubel. Ich weiß, wovon ich rede.

Hast du dich … aber das ist doch frauenverachtend.

Häschen. Glaubst du vielleicht, bei den Dinkelsbacher Spinnern ist es besser? Die waschen dein Hirn und lassen dich für Gotteslohn schuften! Nee, überleg mal. Nach ein paar Jahren kennst du die Regeln, und dann steigst du auf, dann machst du die Logistik.

Das heißt, du hast andere Frauen …

Ja klar, die haben aber auch ihren Schnitt gemacht.

An … wie heißt das … Zuhälter?

Anfangs. Bringt aber nix. Araber, das war mein Durchbruch.

Martina lacht Cleo *schelmisch* an. Ihre Zähne sind *ebenmäßig*, von *strahlendem* Weiß, ein Gebiß für den roten Teppich. Und das bei einer vermutlich 50-jährigen Ex-Nutte, denkt Cleo. Der haben sie aber ordentlich auf die Fresse gegeben.

Was meinst du mit Durchbruch? Was ist denn bei den arabischen Zuhältern anders?

Vergiß die Luden, Cleo. Es geht um die Söhnchen, in Saudi-Arabien, Kuwait, den Emiraten, die fetten

Blagen von den Scheichs. Die fahren mit ihren Lamborghinis stundenlang ein paar hundert Meter hin und her, total verblödet. Dann schickst du ihnen eine Ungläubige, eine Hure noch dazu, das ist für die so'ne Art Kakerlake. Einerseits. Andererseits ist es für sie aber auch ein Wunder, das perfekte Sexobjekt. Und wenn sich dann ein paar von den Lamborghinitrotteln zusammenrotten, dann geht's aber sowas von ab, frag nicht.

Cleo ist kalt. Du wirst das jetzt nicht vermasseln, denkt sie, du bist klar genug, um weiter die naive Maus zu geben, die mit dem Gedanken spielt, sich einer Sekte anzuschließen. Und, orientierungslos, wie sie nunmal ist, *lebenserfahrenen* Menschen an den Lippen hängt. Auch dieser Drecksau.

Aber … du hast die Frauen doch nicht etwa gezwungen, zu diesen Arabern zu gehen?
Natürlich nicht. Mit Zwang geht bei mir gar nix. Nee, die wollten ja aussteigen. Gut, hab ich gesagt, versteh ich, will mein Leben auch nicht in der Frankfurter Elbestraße beenden. Und an diesem Punkt wird aus Maloche *Business*, an diesem Punkt wirds kreativ und du spürst dich endlich wieder.
Wie bist du denn vorgegangen (Cleo schaut scheu, sie will devot schauen, merkt aber, daß es ihr nicht gelingt und hofft, daß die Frau trotzdem weiterredet).
Ich hab die zu einer Hilfsorganisation geschickt. Und von den Weibern haben sie Tips bekommen, wie sie aussteigen können. Sie können zum Beispiel als Erzieherin oder Pflegekraft auf der arabischen Halbinsel arbeiten. Das ist gut angekommen, die meisten Mädels wollen ja erstmal weit weg. Richtig aussteigen halt. Und die Araber, wie gesagt, die stehen völlig entgeistert vor den Möglichkeiten, die

ungläubige Huren ihnen bieten. Die darüber hinaus auch noch anders gebaut sind als die philippinischen Bauerngören, die sie sonst nutzen. Win-win-Situation nennt man das.

Aber eines versteh ich nicht. Die Frauen von der Hilfsorganisation schicken die Frauen, die aussteigen wollen, doch in noch schlimmeres Unheil! Und ... hab ich das richtig verstanden? Erzählen ihnen etwas von Erziehung und Pflege?

Ach weißt du, Cleo, diese Sozialjobs werden dermaßen Scheiße bezahlt. Und von wegen Unheil: Die haben gelernt, durchzuhalten. Denen kann heute keiner mehr was, die sind stahlhart. Alle haben profitiert.

Du wirst die Hölle sehen, Drecksau, denkt Cleo. Ach da vorne rechts ist schon das Dorf, kannst du mich an der Bushaltestelle rauslassen?

Ich fahr dich gern bis vor die Tür.

Ach nee, laß mal. Und vielen Dank.Schon o.k., aber überleg dir das alles noch mal. Du siehst doch klasse aus. Und ich hab die Kontakte.

Was soll ich mir überlegen? Das mit den Frauen?

Na, alles. Ich geb Dir meine Karte.

Steht da auch deine Privatanschrift drauf, vielleich hab ich ja doch mal Lust ...

Für dich gibt's natürlich die mit beiden Adressen und Telefonnummern, dienstlich und privat. Du kannst mich jederzeit anrufen, Hübsche.

Cleo fragt sich im Dorf durch, wo denn diese *Glaubensgemeinschaft* lebe, die Leute sind freundlich, ein älteres Paar führt Cleo schließlich zu einem *frisch renovierten Dreiseithof aus dem frühen 19. Jahrhundert* (soweit die Erläuterung des Paares). Neben dem Hoftor hängt ein offener Briefkasten mit

Prospekten, daneben ein Zettel mit der Aufschrift: *Gedanken für Durchreisende*. Sie überfliegt einen der Zettel, es sind die gleichen Leute, deren Broschüren sie vormittags im Wartezimmer angewidert haben. Was für ein irrer Tag, denkt sie und entdeckt Die Frau, die auf einem angrenzenden Gartengrundstück in gebückter Haltung mit einer Spitzhacke arbeitet. Offenbar versucht Die Frau, den Wurzelstock eines abgesägten Obstbaums aus dem Boden zu reißen, neben ihr ein Mann im Lotossitz. Die Frau bemerkt Cleo, strahlt sie an, doch anstatt sie zu umarmen drückt sie ihr die Hand.

Hallo, sagt der meditierende Mann.

Das ist Bruder Clemens, mein Mentor. Wir können uns nachher sehen, liebe Schwester, wenn die Sonne über dem Geiersberg steht, dann endet das Tagwerk.

Du denkst doch an die Geschwisterrunde, sagt der Mann.

Oh, natürlich, heute ist Geschwisterrunde. Wir können morgen reden, liebe Schwester, die Geschwister haben dir im Gästebereich ein Nachtlager bereitet.

Das geht so nicht, denkt Cleo, was ist das hier. Vielleicht das Beste für sie, ich sollte abhauen. Oder ernsthaft versuchen, das zu verstehen, ein paar Tage mitleben in dieser Gruppe. Es geht nicht um mein Weltbild, es geht nur um sie. Aber sie wird hier doch schon wieder gefickt.

Die Frau schaut Cleo an, sie wirkt glücklich. Im Augenwinkel bemerkt Cleo, daß der Lotossitzmann sie beobachtet. Cleo geht auf Die Frau zu, umarmt sie und flüstert: Kuwait ist geklärt. Sarah heißt Martina. Ich hab sie.

Kommissarwelt

Das war nachlässig von mir, das hab ich einfach vergessen, tut mir leid. Nein, ich bin ja weder blind, noch Jäger oder Zollbeamter. Und kann somit keinen Köter brauchen. Muß meine NoGos nochmal überarbeiten, sorry. Der Kommissar klickt *sweet surprise, nicht ganz schlank* weg.

Sein grimmiges Profil hat offenbar Eindruck gemacht, jedenfalls hat der Kommissar am Feierabend viel zu tun. Besonders hartnäckig ist *Saufeder, schwarzgallig,* die sich, offenbar verheiratet, in allerlei Phantasien verliert, des Kommissars *weltabgewandten und desillusionierten Charakter* betreffend. Saufeder versucht sich als Poetin der angedeuten sexuellen Eskalation, es wirkt grob und plump auf den Kommissar. *Saufeder* scheint sich einen traurigen Fremdenlegionär herbeischreiben zu wollen, der auf einer exotischen Gefängnisinsel etwas mit ihr veranstaltet. Inmitten von Bougainvillea und Frangipaniblüten will sie *Tango tanzen, in den kleinen Tod.* Die hat bis jetzt noch kein Foto rausgerückt, wird eine üble Schraube sein, denkt der Kommissar, tippt die Antwort, in der er sich erstens dagegen verwahrt, ein Charakter zu sein und zweitens darauf hinweist, daß er mit Tanzen nichts anfangen könne, nicht einmal wisse, was diese Tätigkeit solle, er entschuldige sich dafür, dies nicht schon längst klar gesagt bzw. geschrieben zu haben, er müsse seine *NoGos* dringend überarbeiten etcetera.

Das wird nie im Leben ein Roman, denkt der Kommissar. Liegt an mir, wenn der Boden gut ist, blüht Verschiedenes. Zuviel Gülle (Stickstoff) im Boden dagegen = Ödnis, Löwenzahnsteppe, kein

Roman. Erstickt. Witzchen zu machen verbietet sich aber auch – *Datedesaster 3.0*, launig, Grabbeltisch, Bahnhofsbuchhandlung, Kohle. Kann ich nicht.

Der Kommissar schaltet Dreckslaptop aus und beschließt, in eine Weinkneipe zu radeln. Er hat das schon viele Jahre nicht mehr gemacht, vielleicht zehn. Er nimmt sich vor, in die Kneipe *weltläufig* einzutreten, als personifizierte Désinvolture, so, wie er den Platz im Fanblock seines gottverdammten Fußballvereins einzunehmen pflegt, links neben dem Betonpfeiler in der Blockmitte, der Platz, den man ihm seit Jahrzehnten freihält. Der Kommissar registriert die nassen Blicke vereinzelter Trottel an Tresen und Tischen. Da kommt einer wie ich, trieft es ihm entgegen. Er legt die linke Hand auf den Bizeps seines rechten Arms, rammt den Mittelfinger in den Raum (theatralisch, albern, scheißegal), verläßt die Weinkneipe und radelt nachhause, wissend, daß der Supermarktchardonnay aus Korsika mittlerweile kühl genug ist.

30. Juli 1995
Fleisch und Fußball

<u>Nachrichtenwelt</u>

Der erste Tschetschenienkrieg ist beendet. Russische Armee und Separatisten unterzeichnen ein Abkommen, der Waffenstillstand hält allerdings nur wenige Monate. Im Zuge eines Gefangenenaustauschs kommt auch der deutsche Student Peter N. aus Ulm frei, der aufgrund des Bosnien-Kriegs zum Islam konvertiert war.

<u>Lebenswelt</u>

Waldszenerie. Zweihundert Meter Flußufer, strukturiert durch Sandbänke. Wasseramselpatrouille. Angriff, Verharren, Flucht, Angriff, Verharren, Irina angucken.

Nicht gerade freundlich, dieser Vogelblick. Das Köpfchen leicht schief, schaut die Wasseramsel mit Beerenaugen auf Irina, das inszenierte Sinnen eines Exekutors.

Du kleines Drecksvieh würdest mich gern totpicken und aus meinen Fetzen ein Nestchen bauen … Blödsinn! Für's Nest hast du ja die Böschung, den Sand. Mich interessiert dein Leben nicht, Pissvogel. Gib jetzt mal Ruhe!

Creangă kommt, den Rucksack voll mit Fressen, Tabak und Bier. Er lebt in einer Sandsteinhöhle, das darf niemand wissen. Als Irina zwei Jahre *danach* den Mut gefaßt hat, in diesen Wald zu gehen, um die Sandbank zu suchen, hat sie Creangă entdeckt. Der hat Irina erstmal den Lauf seiner Maschinenpistole vom Typ „Skorpion" (Version 9mm Parabellum) an die Schläfe gedrückt, schlechtes Englisch und Angst auf beiden Seiten.

Das ist zwei Wochen her. Seitdem besucht sie ihn täglich. Creangă hat in Deutschland etwas zu erledigen, Irina will es zunächst nicht wissen. Creangă sieht nicht nur erschreckend gut aus (das Antike beiläufig, als sei es nicht weiter bemerkenswert, wenn ein Männerkörper einer Skulptur des Praxiteles gleichkommt, nachtschwarzes Bubenhaar drauf, wasserblaue Augen, ein britannischer Söldner der römischen Armee), er versteht es, Perspektiven zu wechseln, steht neben sich, wenn er spricht oder denkt, ist m.a.W. bei der Sache.

Seit zwei Wochen besaufen sie sich im Wald und sprechen wenig. Manchmal erlaubt sich Creangă eine kurze Tirade; Arbeit sei eines freien Menschen unwürdig, sagt er dann zum Beispiel, und daß er das Christentum hasse, vor allem wegen dessen paulinisch-calvinistischer Feier des Sklaven (celebration of the slave), er sei Daker, der vita contemplativa zugetan (listening to birds, winds and tales), die nach Aristoteles allerdings eine gesellige Sache sei, womit der Stagirit wieder mal Recht habe. Als Eremit habe er, Creangă, nicht enden wollen, als Höhlentier im Grünen Martyrium, wie frühchristliche Irre (lunatics from Ireland) den Wald genannt hätten. Aber das hier sei ja absehbar und Geduld die Tugend des Philosophen.

Was will er in der Höhle, fragt sich Irina. Er lebt hier nun schon sechs Monate, seine Lebensmittel bezieht er von einem älteren Mann, der in einem einsamen Haus lebt (something like hunter's lodge) und den Creangă anscheinend bedroht. Ab und zu ballert er im Morgengrauen ein Reh oder Wildschwein mit seiner Maschinenpistole zusammen (Schalldämpfer), zerlegt die Viecher mit seinem Armeedolch, brät die feinen Teile am Fluß und vergräbt Reste und Patronenhülsen sorgsam.

Was sie ihm da am ersten Tag erzählt habe, von diesen Männern mit der Drahtschlinge und dem Teppichmesser - er habe lange überlegt, ob er ihr das sagen solle - also, er habe so etwas schon einmal gehört. Das Haus liege in einem Weinberg, richtig? Die Fassade sei von Rankwerk (gothic arches) völlig überladen, richtig? Ein Mann sei wie nach einer Wunderheilung aus seinem Rollstuhl gesprungen? Ob es so gewesen sei?

Woher (where did you) ...

Mărioara (my sister). Im Gegensatz zu ihr, Irina (why did your parents name you fucking russian), sei seine Schwester allerdings nicht auf dieser Sandbank abgeladen worden, vielmehr habe Milenkovic (serbian bastard) sie abholen und, nach oberflächlicher Wundversorgung, wieder laufen lassen. Der erste Freier habe sich auch prompt beschwert.

Ob seine Schwester die Männer beschrieben habe?

Er habe nicht nachgefragt. Damals hätten ihn diese Männer ja nicht interessiert, er habe nur an Milenkovic gedacht. Wenn er das hier beendet habe, werde er nachfragen, er verspreche es ihr.

Was ... beendet?

Daß diese Sache sie nichts angehe, na ja, das sei es nicht; Neugierde sei ihm durchaus sympathisch und die Sache sei für Außenstehende sicher recht unterhaltsam. Er werde ihr dennoch nichts über die Sache erzählen, weil Informationen diese Sache betreffend ihr nicht weiterhelfen würden – was er aber gern tun würde, ihr weiterhelfen. Noch mehr Geschwätz, noch mehr Unterhaltungswert – wozu?

Creangăs Nichtaussagen machen Irina aggressiv, sie vergißt ihre Zurückhaltung (er könnte mich mit geringem Aufwand entsorgen, schon dieser ältere Mann in dem einsamen Haus ist ein Risiko, aber der ist Creangă immerhin nützlich, ich dagegen bin ihm nur ein Kuriosum, er wird mich abschalten) und schreit: Warum hockst du seit einem halben Jahr in dieser Dreckshöhle?

Warum kommst du nach zwei Jahren an diesen Fluß, fragt Creangă. Dir geht es wirklich schlecht, schöne Frau. Ich habe einen Auftrag und neige zu depressiven Verstimmungen. Du aber lebst KUM. Das ist eine völlig andere Welt. Ich werde vielleicht ein paar deutsche Tapeten oder Autositze rot färben – wenn ich mich nicht allzu blöd anstelle. Du aber wirst nur Asche hinterlassen (only ashes – no, not even ashes).

Irina starrt auf den Stamm einer Erle, deren Rinde von schwarzgelben, eitrig nässenden Nekrosen durchzogen ist, eine Art Baumkrebs tobt sich aus, der Erreger kommt übers Wasser, der gesamte Flußabschnitt ist befallen. Was sagst du da, fragt sie Creangă, was soll das sein, KUM (I don't know an english word called „koom" or that like, please explain it to me)?

Du erzählst mir keine Geschichten, du spuckst nur. Anfangs ein paar Sätze über die Zäsur deines Lebens. Doch seit Tagen nur noch Wörter, Fragmente. Über Orte (bench at night, college green, castle in a vineyard etcetera), über Menschen (good old man, good eyed girl, pigs etcetera). Du kotzt dein Leben aus wie verdorbenes Fleisch. Du kannst dich nicht erfinden, inszenieren, in eine Dramaturgie weben. Es gibt dich nur als Teil von isolierten Ereignisatomen bzw. (to be more precise) Ort-Ereignis-Irina-Atomen, deren Momente nur in ihrer Wechselseitigkeit existieren, vergleichbar einer Trinität. Die Hexenbank-Vergewaltigungs-Irina ist so ein Ereignisatom, die Parkbank-gutäugiges Mädchen-Irina ein anderes etcetera. Was für eine irre Ontologie! Wo ist das Leben? Die Zeit? Du hast keine Geschichte. Du hast nur diese in endlosen Wiederholungsschleifen durch deinen Kopf rasenden Atome. Und aus dieser Raserei erstehst du allmählich, als ein Groll (grudge), ein immer stärker werdender Groll. Der Groll wird Recherche, Plan, es wird erbarmungslos. Du wirst sein, wenn alles Asche ist (not even ashes). Die Khmer haben dafür das Wort KUM. Von außen betrachtet, gewissermaßen reportiert, funktioniert KUM so: Jemand gibt dir eine Ohrfeige, du wartest zehn Jahre, dann lauerst du ihm im Dunkeln auf und verpaßt ihm einen Genickschuß (disproportionate revenge). Und plötzlich läßt sich alles erzählen. Rache als Prinzip der Menschwerdung.

Ohrfeige also, so so. Ich will Gerechtigkeit, sagt Irina. Ich habe geglaubt, du verstehst das. Und jetzt erzählst du mir so einen Psychodreck.Sie will aufstehen, doch Creangă hält sie fest und drückt sie in den Waldboden, minutenlang, bis Irina sich nicht mehr bewegt.

Sie haben mich damals im Geheimdienstknast gezwungen, ihre Scheiße zu fressen. Drei Wochen lang, zum Frühstück. Abends haben sie mich mit Stacheldraht gefesselt, mir ein Sekret an den Arsch geschmiert und Hunde reingeschickt, die haben mich dann einer nach dem anderen gefickt (well educated, no growling or biting). Das könnte jetzt mein Leben sein. Ist es aber nicht. Milenkovics Männer haben Mărioara 24 Stunden lang vergewaltigt, ständig kamen neue, am Ende waren es zwanzig Mann. Während dieser 24 Stunden ist in einer Endlosschleife „Deguello" (you may know it from the movie called „Rio Bravo") gelaufen. Na und? Sie hat's überlebt, ist mittlerweile aufgestiegen und verdient ziemlich gut.

Was uns nicht umbringt etcetera. Und den armen Negern geht's noch viel schlechter. Leck mich! Ach ja – wenn's deiner Schwester so gut geht, was willst du dann von diesem Serben? Wegen dem hockst du doch in dieser Höhle, oder?

Familiensache (family business). Unser Vater sieht das alles etwas kritischer als wir, er ist vom alten Schlag (old school), achtet auf die Ehre – aber das sagt dir vermutlich noch weniger als mir. Vergiß es einfach.

Sie fassen sich an den Händen, schauen in die Baumkronen. Creangă öffnet zwei Bierflaschen.

Kommissarwelt

kein hausfrauensex sagt der mann kein vaginales rumrutschen nicht mit mir ich schmier dir hotelbutter in den arsch ja lach doch noch kannst dus ist ja gut ist auch gleich vorbei mit der weinflasche muß man halt weiten jetzt entkrampfen dann rammt mich der mann und sagt jetzt schmieren wir die titten ein sonst funktioniert tittenfick nicht dann doch vaginal aber köterheftig auf dem hotelzimmertisch von hinten das ist kultur sagt er es negiert das zivilisiert-in-die-augen-schauen und negation ist stets kultur ich bei

jacquier oder wie der heißt ist liebe ein anderes wort
für die identität von porno und glück der mann ach
was dieser depp es ist kein zusammenfall von
gegensätzen sondern eine dreifaltigkeit porno glück
liebe ein dreizack sagt der mann und fickt mich in den
mund warm und feucht wie die möse aber ungleich
flexibler mit zähnen zunge lippen gaumen doch die
meisten weiber sind zu blöd dafür du solltest sie
ausbilden die weiber weil du die logik der eskalation
kapiert hast die geilheit des anderen macht mich noch
geiler ergo fördere ich die geilheit des anderen
undsoweiter ad infinitum massiers raus sagt er und
macht sich nach dem mannabspritzen ans
frauentsaften stakkato mit mittel und zeigefinger wir
trinken eine flasche leer das nächste mal streckbank
lacht der mann dann wieder diverse kultur dann kopf
auf brust der pärchenklassiker vulgo scheißdreck

Da die Debütantin siebzehn Jahre alt ist, wird ihr Roman entsprechend gewürdigt, nicht zuletzt die kleine Sexszene. Deren Würdigungen reichen von dämlich über öde bis na wenns schon sein muß, gefolgt von Feuilletonfolklore über sogenannte *Generationen.* Vor den üblichen Verdikten wie *ausgedacht, überambitioniert, denunziert ihre Figuren* schützt man die junge Autorin wortreich; vergnügt liest der Kommissar die Rezension in der Süddeutschen Zeitung und denkt an Andreas Anruf, atemlos: Wie geil, das mit dem Buch, wir machen das jetzt einmal pro Jahr, beim Verwandtschaftstreffen, egal, wer gerade mit wem liiert ist. Zur Not machen wir das nachts um Vier im Wald. Jahrelang, jahrzehntelang. Das wird die Geburt der Gewohnheit aus dem Geist des Gemetzels werden, nennt man auch Familie.

Der Kommissar steigt in sein Auto und fährt in den Großen Wald, zu Vaters Grab, auf welches er Rittersporn wirft. Dann fährt er in das Tal der Tiere (der Vater schießt sie mit den Autoscheinwerfern ab, kindliche Gruselbereitschaft).

Zugewucherte Forstwege, die seit Jahrzehnten niemand mehr begangen oder befahren hat. In einen fährt er rein, das Auto frißt sich in den Pflanzendreck, der Kommissar denkt kurz an die Dienstwaffe im Handschuhfach und geht pissen.

Lebenswelt

Die Holländer kommen zwischen zwei und drei Uhr morgens. Cleo hat bis zum Schichtbeginn durchgekifft und -gesoffen, schlafen lohnt nicht. Der Chef prüft die Qualität der Schweinehälften und läßt die Förderbänder anwerfen. Cleos Gehirn ist deaktiviert, bis auf jenes kleine Segment, das die Natur für loops vorgesehen hat, in diesem Fall für „Next" von Alex Harvey. *One day I'll cut my legs off, I burn myself alive, I'll do anything to get out of life to survive, not ever to be next, Next! Next!, not ever to be next, not ever ...*

Cleo zerreißt die Kadaver mit einem Elektromesser, zerteilt sie in drei gleichgroße Portionen und wuchtet die Brocken auf das Fließband. Diese Arbeit gefällt ihr am wenigsten, denn die Arbeit mit dem Elektromesser hat nichts von Schneiden, eher von Lasern, da schau her, ein Gedanke, denkt Cleo, so könnte sich Lasern anfühlen beziehungsweise eben nicht anfühlen. Es ist kein Druck in der Handfläche zu spüren, jener Widerstand, der von Körpern ausgeht, bevor die Haut (Haut?? Es ist alles offen, aber sie denkt an einen integren Körper, ganz allein für sie) reißt. Mehr Spaß macht ihr die Weiterverarbeitung, da schneidet sie mechanisch, mit richtigen Schlachtermessern, trägt an der linken Hand einen Kettenhandschuh und am Oberkörper ein Kettenhemd.

Ständig rollen Kühl-LKW an die Rampe. Der Chef weist die Fahrer ein, Zentimeterarbeit, laute Rufe in starkem Dialekt, den die holländischen Fahrer nicht verstehen. Motorenlärm, Brüllen und das Kreissägengeschrei der Elektromesser. Cleo kommt sich vor wie ein Tierpräparat, das von einem Puppenspieler animiert wird. Daß Schichtkollege *Ich-heiß-Zimmer-ich- kann-immer* ihr gelegentlich von hinten zwischen die Beine langt, nimmt sie schon lange nicht mehr wahr.

Nach Schichtende läßt Cleo sich treiben, das ist ihr zur Gewohnheit geworden, sie hat seit vier Tagen nicht geschlafen. Die Großmetzgerei liegt zwischen dem Stadtwald und einem Versehen aus Beton, einst gutem Willen verdankt, das im Zuge der seit einigen Jahren gängigen Sprachregelung nicht Slum heißt, sondern sozialer Brennpunkt. Cleo wohnt in einer der Baracken zur Untermiete, doch anstatt in ihr Zimmer geht sie ans Kiosk, kauft ein Fläschchen Mordbrand und läßt sich mit billigem Kaffee volllaufen. Junge Männer begutachten und kommentieren ihre Autos, das tut man hier so, abends fahren sie damit die Slumhauptstraße auf und ab. Aus den Fenstern der hinter dem Kiosk gelegenen Baracke hängen Fahnen, die rot-weiße des lokalen Fußballvereins sowie verschiedene bunte, den Schriftzügen und logos nach zu urteilen wohl von Fußballvereinen anderer Länder. Ein abgeschabter Mann vom Typus ausgebeuteter Wanderarbeiter bietet Cleo ein Bett für mehrere

Nächte an, *I will marry you, then we go to Lithuania, most wonderful country in the world*, ein, wie sich allmählich herausstellt, Albaner will ihr angeblich Koks verkaufen, das ist ein Würstchen, denkt Cleo, und richtig, er kann nicht einmal Gras beschaffen, will nur ficken und stinkt aus dem Maul. Zum ersten Mal seit Schichtende plärren Martinshörner, ungefähr 500 Meter entfernt. Kurz darauf kommt Heinrich, Kioskfaktotum, und klärt die Neugierigen auf: Nichts besonderes, es brenne nur ein Auto, vermutlich falsches Fußballlogo auf dem Blech. Nach vier Kaffee zieht es Cleo weiter, in Richtung Innenstadt. Jurek sitzt wie immer am ersten Tisch des zweiten Cafés an der Ostseite des Marktplatzes, sie umarmen sich, Jurek langt Cleo in die Arschtasche ihrer Jeans, schiebt vier Gramm rein und fingert fünfzig Mark raus. Sie scherzen über Sommer und Schweiß, Cleo nippt an Jureks Kaffee und verschwindet in der Cafétoilette.

Am Fluß raucht sie ein bißchen von Jureks Zeug und trinkt den Mordbrand nur halb weg, sie hat schließlich noch was vor. Die Sommersonne, die Pärchen am Ufer, Instantraserei oder Nestbau, das wird immer so weiterschwären, dabei spürt man sich doch nur in der Abstoßung, in der *abortio. Omnis determinatio est negatio*, den Satz hat Cleo sich gemerkt, ein Satz von Irina, ihrer Klugen.

Sie geht weiter, Richtung Nordosten. Der Fluß wird ländlich, auwaldähnliche Strukturen, noch mehr Pärchen, aber dezenter drapiert, in kleinen Buchten. Cleo ist bereits sehr angeschickert und durchmißt den Raum in kaum berechenbaren Kurven, was ihr allerlei Tadel von mittels bunten Fahrradhelmen, bedruckten Wurstpellen und eisgrauen Busfahrerbärten als

Sportler kenntlich gemachten Herren einträgt, gern auch gebrüllt.

In Cleos Lieblingsbucht hat sich ein Angler eingenistet, das ist noch nie geschehen und kotzt sie entsprechend an. Soll ich dir vielleicht einen blasen, damit du abhaust, fragt sie. Der Mann schaut scheu, packt sein Angelzeug ein und verschwindet. Hinter dem Pappelverhau versinkt die Sonne im Fluß, Cleo kann sich dem nicht entziehen. Es zu fotografieren, wäre Pornographie, denkt sie. Das Ding soll weg sein.

Weg. Nicht untergegangen, nicht hinter Wolken. Weg.

Kommissarwelt

Es ist dieser süßliche Gasgeruch, den der Kommissar so liebt. Er steht mitten im Feuer, in zwischen Altrosa und Giftorange changierenden Schwaden, und kommt sich vor wie ein träges Tier im Schlamm. Genau so soll es sein. Er sieht die Gasnebel durch den Wald hinter der Nordtribüne ziehen, das alte Aufmarschgebiet, rote Schwaden und Blut, das aus Nasen und Ohren rinnt. Das Gebrüll ist unfassbar an diesem Tag, doch der Kommissar schreit schon lange nicht mehr mit.

Sie ist dagegen kein schlammbewohnendes Tier, denkt der Kommissar, sie wippt mal wieder rhythmisch auf den Fußballen, dieses *kapriziöse Persönchen*, ey Arschloch Kommissar, kaum fällt dir eine auf, läßt du dich in die Wortfaulheit fallen. Ist die Alte jetzt was besonderes oder nicht? Und wenn ja, wenn dich also das freche Lächeln ins Nichts (auf daß es jemand bemerke), das kokette Handtäschchen, das niedliche Fußballenwippen dieser kleinen (höchstens eins sechzig) aber perfekten S-Kurve, deren Punkerbürste beim einen Spiel schwarz, beim anderen weiß (seltsamerweise aber nie rot) gefärbt ist, wirklich beschäftigt, dann nenn sie doch nicht *kapriziöses Persönchen* - das klingt ja wie aus einem dieser Heinz-Erhardt-Filme, die deine Eltern immer so toll fanden.

Heute geh ich mit der Kleinen zur Susi, egal, wie das Spiel ausgeht.

Und das alte, schlechte Gefühl ist schnell da, die Mannschaft in gewohnter Weise unfähig, *bettelt um Gegentore*, rund um den Kommissar wird diese Formulierung epidemisch (*jetz beddele se widder um Geeschetoorn ... ja genau ... heert dann der Scheise nie uff ... Mann, Mann, Mann ...* etcetera), folglich wird, nachdem der *Gegner* ein paar harmlose fouls begangen und die *schwarze* resp. *schwule Sau* diese nicht geahndet hat, der Unmut des Mobs von der Unfähigkeit der eigenen Mannschaft auf die *A-so-zia-len* bzw. *Zi-geu-ner* (*Oohoo*) gelenkt, es fliegen Gegenstände durch den Nebel. Früher wurden die Gegner in vergleichbaren Situationen noch *Ju-den! Ju-den!* genannt, doch das hat aufgehört, nicht zuletzt, weil es Karl, dem Kommissar und ein paar anderen Alten Herren auf den Sack gegangen ist (sie haben es schließlich lange genug selbst geplärrt).

Die Gegner schießen binnen fünf Minuten drei Tore, das Spiel steht kurz vor dem Abbruch. Persönchen grinst zynisch ins Nichts, packt seine Zigarettchen ins Handtäschchen und schickt sich an, die Nordtribüne zu verlassen, was der Kommissar im Augenwinkel gerade noch rechtzeitig bemerkt, *den Rotz tu ich mir nicht länger an* brummt er durch den

Nebel, es gelingt ihm perfekt, Persönchen dreht sich um und sagt: Ich auch nicht.

Bei Susi ist es bereits voll, obwohl das Spiel noch elf Minuten dauert. Frusttrinken und Analysen, Persönchen kippt eine Halbe Export runter wie Apfelschorle, sie hat schon im Stadion zwei Halbe getrunken, sonst trinkt sie drei, erinnert sich der Kommissar, der Persönchen schon seit Wochen im Visier hat.

Kurz und böse rekapitulieren sie das Spiel. Obwohl Persönchen von selbigem noch stärker angepißt (so ihre Formulierung) ist als der Kommissar, strahlt sie ihn an, als habe das traurige Geschehen im Stadion einen Kern der Erleuchtung entborgen. Das irritiert den Kommissar, dieses Strahlen droht seine Gesichtshaut wegzusaugen, etwas ist da zu viel, denkt er, und senkt (auffällige Unauffälligkeit) den Blick, Richtung Ausschnitt des Persönchens. Das paßt dann wieder.

Die Tür kracht auf, Glatzen im Anmarsch. *Des war Scheise, aber früher gehn is noch mehr Scheise, ihr Penner, des geht gar ned* brüllt der Dickste, *für de Verein geht mer bis zum biddere End, ihr Lutscher.*

Allgemeines Gemaule. Überbietungsrituale. Dann entdeckt der Dickste den Kommissar. *Isch glaabs ned, de Kommissar. Vorm Schlusspiff in de Susi?* Der Tresenmann stellt der Glatze ein Besänftigungsbier hin, Dickster und Kommissar stoßen an, Persönchen darf sich als *geil Schnecksche* titulieren lassen und das Pack verträgt sich wieder. Der Kommissar wird hektisch, fragt Persönchen, ob man nicht woanders hingehen könne, man werde diese Suffköppe sonst nicht mehr los. Ich hab noch einen Kasten

Schlappeseppel zuhause, sagt sie, ist gleich um die Ecke.

Während des kurzen Fußmarsches fragt Persönchen den Kommissar, warum die dicke Glatze ihn „Kommissar" genannt habe. Nun, er sei Journalist, erläutert der Kommissar, und habe früher als Polizeireporter für die Lokalzeitung gearbeitet – daher der Szenename. Mittlerweile sei er, unterstützt von einem *motivierten team*, dabei, ein Zeitungsäquivalent im Internet aufzubauen – sie habe doch sicher schon vom weltweiten Computernetz gehört, das sei das Medium der Zukunft.

Ob Persönchen wohl über die Zeichenfolge „Zeitungsäquivalent" nachdenkt? Jedenfalls hält sie den Mund, denkt der Kommissar, freut sich über seinen Einfall und geißelt sich sogleich in routinierter Manier: Lächerlich, diese Verstellungen. Vielleicht finden die Weiber einen Bullen ja sogar geil?

Zu diesen Weibern, wenn es sie denn gibt, gehört aber mit Sicherheit nicht Persönchen, davon ist der Kommissar sofort überzeugt, nachdem er ihre Zwei-Zimmer-Wohnung gescannt hat. Diese trägt ein Ganzkörpertattoo aus Konzertplakaten und Postern, allesamt in jener Fuck'n'Folter-Ästhetik gehalten, die nur die ganz schlimmen Finger goutieren (und die folglich überall hängen, denkt der Kommissar). Lücken hat Persönchen mit Eintrittskarten kaschiert, von Pogorumbles in irgendwelchen Käffern. An der Decke hängen Fledermäuse und Werwölfe aus Plastik. Ein winziges Bücherregal voller Technikzeug, etwas mit „Camera" und andere englische Bücher über – Zeug halt, denkt der Kommissar. Ein Verhau von Zimmerpflanzen, dazwischen eine Hängematte. Der Kommissar geht ins Bad. Über dem Spiegel ein blauer

Fußballschal, darauf in weißer Schrift: *A.C.A.B. We fear no foe, wheree'er we go. Millwall FC.* Der Kommissar schaut resigniert in den Spiegel.

Persönchen hat unterdessen zwei Biere geöffnet und interessiert sich für das Internetprojekt des Kommissars; sie sei Fernsehcutterin und überhaupt technikaffin – dieses Multimediading sei *wirklich sehr spannend* etcetera. Es wird ein unerfreuliches Gespräch und der Kommissar zum Vollidioten, weil er nur noch herumdrucksen kann, als Persönchen ihn anplärrt, warum er so eine Scheiße erzählt habe, das sei ja nun wohl klar, zu blöd für Quickfick weil zu blöd zum Lügen, Drecksbulle, verpiß dich.

Im Kommissar kriecht die alte Wut hoch. Endlich, denkt er, während seine rechte Hand Persönchens Kehlkopf fixiert und das Köpfchen gegen die Wand knallt. Warum hängt denn der Scheißschal in deinem Bad, brüllt er sie an. Warst du 85 in Luton? Hast du schon mal mit zwanzig Cockneywichsern verhandelt? Wild und gefährlich, blöde Sau. Fernsehcutterin, eh? Halt bloß das Maul.

Hör auf.

Der Kommissar, entsetzt über sich, streichelt Persönchens Haar. Sie sind verstört und informieren sich. Resultat, tränenreich: Beide wollen schon lange bürgerlich werden. Familiending.

Sie hätten es nicht gewollt.

29. April 2002
Ein Rumäne baut Scheiße

<u>Nachrichtenwelt</u>

Ganz Deutschland diskutiert über den Amoklauf von Erfurt. Gesetze zu verschärfen, greife zu kurz, nun sei die Gesellschaft gefragt. Und deren Keimzelle, die Familie.

<u>Lebenswelt</u>

Cleos Elternhaus verfällt. Die Bewohner haben die Eternitplatten an der Wetterseite durch Schiefersteine zu ersetzen versucht, doch es ist ihnen das Geld ausgegangen, was die Westfassade zur Groteske macht. Zur Hälfte verschiefert, zur Hälfte nackt, der Asbestzement an der unteren Fassadenhälfte zwar abgerissen, aber nicht ersetzt. Der der Hauptstraße abgewandte Teil des Scheunendachs ist auf Autowracks gestürzt, vermooste Modelle aus den späten siebziger Jahren. Werden bestimmt bald was wert sein. Asoziale, denkt Cleo. Aber von ihrem Bankkredit leb ich ganz gut.

Nach zehn Jahren ist sie wieder in ihr Dorf gekommen, damals hat sie das Haus verkauft, wenige Monate, nachdem Papa das Auto in den Mähdrescher gesteuert hat. Das Grab der Eltern ist gepflegt, kein Unkraut, ein Trockenblumengesteck neben dem ewigen Lichtlein. Wird sich wohl die Hilde drum kümmern, denkt Cleo. Beziehungsweise *dat* Hilde, wie es im Dorf heißt.

An der Hauptstraße gibt es nichts mehr, es wird nur hinter Eternit gewohnt beziehungsweise zwischen

Eternit und Regionalmetropole gependelt, der Lebensqualität wegen. Kein Bäcker, kein Metzger, keine Kneipe (das Schild hängt noch). Auf Eternit genagelte Gewächse aus Salzteig künden von Fußpflege (aha, das macht jetzt also *dat Gerda*, denkt Cleo) sowie Tierhomöopathie (dat macht jetz *dat Luise*). *Jetz, wo die Kinner aussem Haus sin* denkt Cleo und haßt sich sogleich ob ihrer Arroganz, urteile nicht über diese Menschen, jeder hat sein eigenes Maß, sie hat es an der Uni gelernt, nicht zu urteilen. *Hier wohnen: Fleckenstein Karl-Heinz, Simone, Kevin, Gianluca und Tessa.* Sippenname zuerst, klar. Es ist dermaßen dreckseinfach, sich über sie lustig zu machen, es ist schandhaft. Laß diese Leute in Ruhe, denkt Cleo, deren Eltern haben dich anläßlich deiner Scheißkommunion gemästet, über achthundert Mark sind damals zusammengekommen.

Sie nähert sich der Bushaltestelle, kurz vor eins. Unter dem Wetterschutz sitzen zwei Frauen unbestimmbaren Alters, stark beleibt, die eine nähert sich einem flüssigen Aggregatzustand. Cleo denkt nach, ob sie die Frauen vielleicht von früher kennt und grüßt landüblich mit *Tach*. Die Frauen grüßen zurück, Cleo geht weiter, bergauf, Richtung Hexenkapelle, da ruft die eine: Sach ma Irina, bis du dat?

Seit fünf Jahren hat sie niemand mehr so genannt, seit Cleos zweiter Einweisung. Seit Cleo verfügt hat (nicht etwa in einem juristischem Sinne, sondern nur Irina gegenüber), nicht mehr zu heißen, sondern künftig „die da" zu sein beziehungsweise „Die Frau", und Irina ihren Vornamen angenommen hat, ganz offiziell, mit Amt und so (nicht schlecht, hat Irina damals gedacht, nur weil Mama eine dumme slawophile Kuh gewesen ist, hab ich diesen prätentiösen Namen, gute Gelegenheit, ihn loszuwerden). Alle, die diesen Scheißnamen kennen, sind weg, denkt Cleo, abgeschafft, entsorgt, weggeklickt. Zuletzt Herbertchen, mein braver Maschinenbauunternehmer, die Klitsche längst insolvent. Was muß er mir auch aus der Hand fressen, der Depp.Und Die Frau ist jetzt auch weg. Seit Jahren verschwunden.

Ja, dat bin ich. Und du bist … sorry, ist schon so lang her …

Gläser, Yvonne. Und das ist die Hofreiter Sandra. Wir drei waren zusammen in der Schule, in Oberfischbach, klingelts jetzt bei dir?

Cleo erinnert sich nicht an die Grundschule, aber an Schützenfeste oder Kirmesbesäufnisse. Landscheiße. Hauptpreis: Vorkötter Irina, Trostpreis: Gläser Yvonne, jeweils zu genießen hinter dem Festzelt des Junggesellenvereins. Landdreck.Der Frank ist übrigens auch wieder hier, sagt Sandra. Hat aber jetzt einen anderen Nachnamen, weil er den von seiner Ex-Frau behalten hat. Heißt jetzt Siegmund, wollte nicht mehr „Geh" heißen, weil die Leute da immer so blöde Witze gemacht haben, „geh fort" und so, weißt du ja. Aber der Hubert ist jetzt im Osten, sagt Yvonne. Habt ihr eigentlich noch Kontakt?

Cleo würde der fetten Sau am liebsten einen Schraubenzieher in den Kehlkopf stechen, sehr langsam, ihre Beine drohen nachzugeben, doch sie hält dem Haß aus Yvonnes Schweinsaugen stand. Echt, im Osten? Nee, leider haben wir keinen Kontakt mehr. Was macht der Hubert denn im Osten? Und was macht eigentlich der Frank?Die Frauen erzählen Cleo alles, was sie wissen muß. Der Schulbus kommt, die Frauen nehmen ihre Blagen in Empfang, selbige bereits angemessen fett, um im Dorf nicht als Außenseiter zu gelten – denkt Cleo und geht weiter, die Hauptstraße bergan. Ich geh dann mal zur Kapelle, ruft sie den Frauen zu.

Kommissarwelt

Fuck! Das … kann doch nicht wahr sein! Ich Trottel! Ich Dilettant, ich saublöder, unfähiger …

Ist gut, ist gut, beruhig dich doch endlich wieder. Kollegin Schuster versucht den Kommissar zu sedieren, sie drückt ihm die Hand. Ist doch alles gut, wir hätten draufgehen können, sei doch froh, daß der nur die Reifen zerschossen hat.

Der Polizeiwagen liegt auf dem Dach, nachdem er über die Bundesstraße geschleudert und eine Böschung hinabgekippt ist, in eine Sumpfwiese.

Wie hat der das gemacht, fragt der Kommissar. Wie geht das denn, ein Auto steuern, noch dazu in dem Tempo, und währenddessen dem *hinter ihm* fahrenden Auto die Reifen zerschiessen? Das gibt's doch gar nicht.

Genau diese Zirkusnummer hat der vor sieben Jahren schon einmal gebracht, sagt die Kollegin. Beziehungsweise anders: Dieser Auftritt ist ein starkes Indiz, daß das wirklich der Gesuchte ist. Der zielt über den Außenspiegel, das hat schon 1995 keiner glauben können.

Der Kommissar kennt keine Details dieser alten Geschichte, damals hat er noch in einer weit entfernten Direktion gearbeitet, weiß aber, daß er bis vor wenigen Minuten einen Mann gejagt hat, der im Verdacht steht, 1995 ein Blutbad angerichtet zu haben (für's Aktenstudium ist der Kommissar bislang zu faul gewesen). Damals ist die serbische Säule des Frankfurter Rotlichtmilieus zusammengebrochen; eine Kneipe ist gestürmt und sechs Handlanger sind mit Sturmgewehren zusammengeschossen worden. Acht Monate später ist dann auch der Vater der Familie, Miodrag Milenkovic, verschwunden. Seine Spur hat sich in jenem Wald verloren, der Milenkovic, einst ein reputierlicher Jagdpächter, als Revier gedient hat. Für das Massaker soll ein gewisser Mircea Creangă verantwortlich sein, ein gebildeter Mann aus der nordostrumänischen Stadt Iaşi, man geht von Auftragsmorden aus[1]. Obwohl seine Kumpane gefasst und verhört worden sind, bleibt Creangă ein Phantom, fast sieben Jahre lang. Bis die rumänischen Behörden im Februar 2002 einen internationalen Haftbefehl erlassen.Warum 1995 zwischen Kneipenschiesserei und Milenkovics Verschwinden acht Monate vergangen sind, kann sich niemand erklären.

Lebenswelt

Seinen schwarzen Haare fallen über die Banklehne, da stimmt doch was nicht, denkt Cleo, die Bank hat doch früher anders rum gestanden, man hat

---

[1] Zu den Hintergründen vgl. Carl-Maria Bräutigam: Böse Vögel. Würzburg 2004. Obwohl dieses Büchlein, vor allem im ersten Drittel, einige typische Debütantenfehler enthält (der Autor will zu viel auf zu wenigen Seiten, der Humor ist bisweilen allzu bemüht), rekonstruiert es die damaligen Ereignisse durchaus präzise und spannend.

ins Land geschaut, nun schaut er auf die Blutkapelle, er hat die Bank aus der Verankerung gerissen und umgedreht.

Forget about nature, think about trinity or the like, concepts, structure, call it what you want. Nature's a bore. So here we are, finally.

Cleo wird nie erfahren, wie Creangă sie gefunden hat, sieben Jahre nach den gemeinsamen Besäufnissen im Wald hat ihr Handy geklingelt, er habe in Deutschland zu tun, ob sie noch an den Namen interessiert sei. Wo denn diese Blutkapelle sei, von der sie erzählt habe. Hexenkapelle, hat Cleo gedacht, dann aber entschieden, daß Creangăs Ausdruck es besser trifft und ein date vereinbart.

Die Ärzte waren keine, Cleo speichert Namen und Adressen in ihrem Handy. Noch Sonne, sie schauen auf ein brennendes Kreuz, Cleo beobachtet Creangă, der sich eine Zigarette zu drehen versucht, seine Hände zittern, er kriegt es nicht hin. Vom Fernwalderhof Hundegebell, das näher kommt. Creangă wirft die mißlungene Zigarette weg, will ein selbstironisches Lächeln aufsetzen, als Cleos verzerrtes Gesicht durch seinen Blick wischt, eine knallrote Fratze, als beginne eine Säure ihre Haut zu zersetzen, aus dem offenenen Mund eine Art Klage, ein Knurren.

Ein Mann ruft etwas, in der Manier des gemeinen Hundeausführers, also dominant nachsichtig, das übliche Drohkraulen, am Ende munter. Das rohe Gebell kommt näher, offenbar ein großes Tier. Creangă rennt in die Dunkelheit, Männergebrüll und immer aggressiveres Gebell, ein Männerschrei, schließlich Tollwutgeräusch. Endlich steht Creangă vor der Kapelle, im späten Licht, und bietet einen emblematischen Anblick. Den großen Schäferhund im Schwitzkasten des linken Arms, im rechten ein Messer unbestimmbarer Länge, dessen Klinge im Rachen des Tiers steckt, aus dem Hundemaul rinnt Blut. Wenn sie es wünsche, schneide er dem Vieh den Kopf ab.

Bitte tu dem Hund nichts. Du hast das völlig mißverstanden. Dieser Hund damals wollte mich beschützen.

Masken, Lockvögel, Chimären … Creangă wirkt abwesend. Er zieht das Messer aus dem Hundeschlund (gut zwanzig Zentimeter Klinge, schätzt Cleo), drückt mit dem linken Arm auf die Hundekehle, läßt das Tier los, verpaßt ihm einen Tritt, der Hund jault und rennt weg.

Yvonne Gläser ist *sowas von aufgeregt* (jedenfalls wird sie es ihren Freundinnen gegenüber so formulieren, das sei ja *derart gespenstisch* gewesen, vor allem der Schrei vom Fernwalderhofs Werner, sie habe sich hinter der Bismarckeiche kaum zu bewegen getraut und auch nicht verstehen können, was dat Irina und dieser Typ da, übrigens ein geiler Typ, den würde sie nicht von der Bettkante stoßen, geredet hätten, ja, die hätten sehr lange geredet, es habe sie fasziniert, daß die so lange *einfach nur geredet* hätten, obwohl sie ja, wie gesagt, kaum etwas verstanden habe, weil das Englisch gewesen sei, und dann habe sie sich irgendwann doch gefragt, was wohl mit dem Werner ist, der Typ sei ja irgendwie Marke Ultrabrutalo gewesen, wie der den Rex gepackt habe, wie ein Karnickel, und mit dem Handy die Polizei angerufen … wie? Nee, die Kinner habe der Manfred an diesem Abend ins Bett gebracht, sie habe dem Manfred erzählt, sie müsse mal raus, nee, der Manfred wisse davon nix, überhaupt sei das ja ein Abkommen, am Neunundzwanzigsten sei der Manfred für die Kinner zuständig und sie am Dreißigsten, weil da der Manfred mit der Feuerwehr beim Hexenfest sei, ja, das finde sie auch gut, daß die Feuerwehr das mit dem Hexenfest wieder mache, das sei ja jahrzehntelang eingeschlafen gewesen, ja genau, ihr Vater habe auch oft von früher erzählt).

Er habe das damals sehr genossen, sagt Creangă, ihren Kopf an seiner Schulter, durch ihr dünnes Haar zu streichen, aber verstanden habe er es bis heute nicht. Und genau das, nicht zu verstehen, was geschehe, das habe er damals im Wald zum ersten Mal erlebt.

Das ist trivial, sagt Cleo. Wir waren halt verknallt (in love).

Einen Dreck (sod) waren wir, sagt Creangă, wir haben uns akzeptiert. Von Grund auf, unbedingt. Er habe das, er wiederhole sich ungern, vorher nie erlebt. Er habe in einer Welt gelebt, in der feige, devote, taktierende Dings (something) herumgehuscht seien, bisweilen sei auch ein dominantes Dings herumgestanden. Dann habe es noch Familie gegeben, dieses, wie sie es vermutlich nennen würde, Balkandings, und da sei auch nichts zu akzeptieren gewesen, da sei es um mündliche Verträge gegangen. Nein, sie sei die Einzige, die er von Grund auf akzeptiere. Er müsse sich dringend von ihr fernhalten. Ob er die Sache damals beendet habe, will Cleo wissen.

Damals (years ago) ist immer öde, schöne Frau. Du wirst erst noch handeln, wirst erst noch entdecken, was es heißt, eine Sache zu *beenden*. Und dieses Wort letztgültig definieren.

Er geht in die Nacht. Warum hab ich dieses Vieh nicht abgeschlachtet, fragt er sich, diesen Incubus des Todes (incubusul morţii). Alles wird gut werden, ruft er Cleo zu, Blaulichtschlieren wischen durchs Dunkel und Creangă schiebt sich den Lauf der Skorpion in den Mund.

Kommissarwelt

Der Kommissar ist allein. Er raucht auf einer Bank am Fluß und versucht, einen Kirchturm mit einem Fabrikschlot zu arrangieren, der Kommissar war schon immer ein visueller Idiot, er kann nur Wörter. Das könnte doch ein schönes, publikationswürdiges Foto sein, denkt er, neugotischer Kirchturm, dementiert von einem ziegelroten Schornstein. Der Kommissar verrenkt sich, macht Faxen, bis die Perspektive stimmt. Natürlich hat er keinen Fotoapparat dabei, er könnte so ein Ding gar nicht bedienen, digital hin oder her.

Allmählich erholt er sich von der mißlungenen Verfolgungsjagd, das war halt ein besonderer Gegner, da kann man schon mal alt aussehen. Dieser Gedanke ist dem Kommissar die Lizenz zum Versacken, er denkt immer weniger und freut sich über die rote Sonne, die gibt es nur in Ballungsräumen mit Sauluft, hat er mal gelesen, auf unserer Insel war sie immer orange, denkt er noch und dann hat es sich mit dem Denken. Und mit dem Bilderwollen, die sind ja eh schon im Kopf:

Simone liegt auf der Mauer und lockt eine große Eidechse, abwechselnd mit Oliven und Ziegenkäsestreifen. Das Tier kommt näher, und kurz bevor es sich die Speise packen kann, zieht Simone sie weg und ißt sie auf, woraufhin das Reptil verschwindet.

Sie leben von Käse, Oliven und Rotwein, gelegentlich gibt es Obstsalat aus Kaktusfeigen, Mispeln, Guaven und Mangos, ordentlich mit Pestiziden durchsetzt, die pittoreske Kleinbauern auf ihren Terrassen versprüht haben, oft sind es auch Kleinbäuerinnen mit Namen wie Pilar, Conchita etcetera, gegerbte Schrumpelhaut, zwanzig Enkel, mit der Scholle verwachsen. Doch das sind Schlaumeiereien ex post (Ansätze einer story?), auf der Insel denken sie gar nichts, sie schauen auf den Atlantik, essen, trinken und gehen ins Gestrüpp. Am Boden des Opuntienwaldes gibt es eine Engstelle, in die Simones Persönchenkörperchen exakt hineinpasst, bewegte sie sich auch nur einen Zentimeter, würde sie perforiert. Sie liegt auf dem Bauch, beobachtet Krabbeltiere, hört die Dohlen kreischen (sie kündigen den Passat an) und wartet ab. Dreißig Zentimeter über dem Boden wachsen die Kakteen in merkwürdiger Symmetrie nahezu rechtwinklig nach außen, so daß der Kommissar genügend Platz hat, um Persönchen zu ficken, mal so, mal anders. Aber Simone darf sich nicht bewegen (natürlich tut sie's). Später leckt der Kommissar ihr über die Einstiche wg. Wundheilung, dann in der Schlafhöhle unter dem Felsen konventioneller Sex, neben dem Rotweinkanister. In der verlassenen Thunfischdosenfabrik spielen sie Fangen, sie legt sich auf ein verrostetes Förderband, er setzt sie auf einen Haken und läßt sie durch die Fabrikhalle sausen, hier ist seit Jahrzehnten niemand mehr gewesen, sie sitzen auf der Kaimauer, schauen ins Orange, schließlich fällt ihnen nichts mehr ein. Und da hat noch immer *ein* Satz geholfen.

Irgendeine(r) sagt es immer, dieses *Ich könnte mir vorstellen, mit Dir ein Kind zu haben.*

Das hat er ja nun auch gehabt, der Kommissar. Morgen wird er seinen Sohn offiziell abtreten, vor einem *beschissenen Landgericht* – bitte Respekt vor den Institutionen, sagt sich der Kommissar und popelt ein paar Blüten und Stengel aus derAlufolie, die sein alter Kumpel Jurek ihm am Marktplatz in die Arschtasche geschoben hat.

11. August 1999
Schwarze Sonne

<u>Nachrichtenwelt</u>

In Hamburg endet der 11. Weltkongreß für Psychiatrie. Themen waren u.a. die Rolle der Psychiatrie im Nationalsozialismus, die Frage, ob "accumulating pets disorder" (APD) als Krankheitsbild anerkannt werden solle sowie die sog. „Anti-Stigma-Kampagne", mittels derer die WPA (World Psychiatrist Association) einer Abwertung bzw. Verunglimpfung psychisch Kranker entgegensteuern will.

<u>Lebenswelt</u>

Wir werden durch irgendwelchen Dreck geschossen. Wir werden an einem Betonteil zerplatzen. Es gibt kein Hirnkino, keinen Lebensfilm im Zeitraffer. Bei Frau Müller vielleicht, aber nicht bei mir. Mein Eiweißklumpen reproduziert kein Leben. In mir rattern keine Geschichten vor sich hin. Ich bleibe der Wirklichkeit zugewandt. Ich bin eine Überwachungskamera. Ich nehme nicht wahr, ich nehme auf. Rumfliegende Schlammbatzen. Scheißfilm. Scheißkamera.

Leitplanke und Böschung dreschen stakkato auf das Blech ein, das Auto verliert an Schwung und touchiert mit der Fahrerseite einen Brückenpfeiler.

Plop. Komisch, dass es einfach nur Plop gemacht hat.

Sein zerrupfter Kopf hängt aus dem Seitenfenster, als schaue er noch immer in die Sonne. Rote Spritzer kriechen über das zerbröselte Glas der Frontscheibe, sie sieht den Blutblumen beim Wachsen zu und denkt, dass man sie mit einer Lupe studieren sollte. Wie das Kind in dem Roman die Eisblumen studiert.

Nehme ich halt einen anderen, denkt Die Frau und öffnet die Beifahrertür, es geht überraschend leicht, und sie schaut in den nervösen, mit einem Rübenacker verfugten Himmel. Ich könnte über dieses Feld laufen und die Landstraße suchen, denkt sie, entscheidet sich jedoch für den Standstreifen der Autobahn. Schnell nach Süden, zum Wald! Es ist nicht mehr viel Zeit.

Nachdem sie eine Weile vor sich hin gestampft ist, kündigen zerbeulte Autos und allerlei Wehklagen das Ende eines Staus an. Der Standstreifen ist nun begehrt; Verletzte werden versorgt, Schuld wird verteilt. Sie rempelt sich durch das Elend und einige Menschen schreien, für wen sie sich denn halte, hier derart unbeteiligt und kalten Blicks entlang zu stampfen. Ein paar hundert Meter weiter wird es besser, aber sie ignoriert die freundlichen Fragen der Leute, die ihre Wagen abgestellt haben, um zu vespern und die Kinder pinkeln zu schicken. Zuckerrüben, Weinstöcke und Autos – die Landschaft sieht aus, als hätten sie hier vor ein paar Jahren alles angezündet, um für dieses Zeug Platz zu schaffen, denkt sie und balanciert zwischen Stoßstangen hindurch. Auf der Abfahrt stehen die Wagen dicht gedrängt, die Schlange windet sich bis an den Horizont der kultivierten Brandrodungslandschaft, während auf der Autobahn der Blechschleim wieder zu fließen beginnt. Sie beobachtet seltsame Fahrmanöver, denn nach wie vor starren viele Fahrer in den Himmel anstatt auf die Straße. Sie hat noch fünfzig Minuten.

Der Handlungsreisende Meisner ist verstimmt. Er wird den Termin versäumen und diesmal werden sie es ihm als Mangel an Professionalität auslegen.

Ich war unfähig, den schon vor Wochen prognostizierten größten Verkehrsstau der deutschen Geschichte in meine Routen- und Terminplanung einzubeziehen, es hat mich einfach nicht interessiert. Das werden sie mir zu recht ankreiden – und dann sofort nachlegen, indem sie zum Beispiel behaupten, dass an mir schon länger eine zunehmende Gleichgültigkeit zu beobachten sei, sowohl den Interessen des Unternehmens als auch meiner eigenen Erscheinung gegenüber. Sie werden das Wort *Verwahrlosung* andeuten – es wird ihnen gelingen, dieses Wort nur anzudeuten – und kurz auf Privates anspielen. Dann haben sie der Etikette Genüge getan und können mir einen Tritt geben.

Erneut geht es nur im Fahrradtempo voran. Wolken sind aufgezogen, und so schauen die Autoinsassen nicht länger in den Himmel. Als Meisner sich gerade an das geruhsame Fahren im zweiten Gang gewöhnt hat, löst ein Wolkenbruch einen jener Konzentrationskrämpfe aus, die Meisner haßt.

Diese Wasserwände, Starkregen genannt, sind neu und furchtbar. Früher hat es anders geregnet, dieses Wetter ist ein Angriff. Es schneidet in mich rein wie eine epileptische Attacke ins Leben eines Befallenen. Es ist in mir drin.

Meisner hat zwar noch nie einen epileptischen Anfall beobachtet und weiß auch nichts über die einen solchen auslösende Krankheit, dennoch scheint ihm dieser Vergleich angemessen. Was macht dieses epileptische Wetter für einen verdammten Lärm, brabbelt er halblaut vor sich hin. Wie MG-Garben. In überstarken Bildern dieser Art sucht der Handlungsreisende Halt, seit die Welt an ihm zerrt. Und dieser schwer an seiner Konzentration arbeitende Mann kann es zunächst nicht einordnen, als die Beifahrertür aufgerissen wird und jemand etwas brüllt; es scheinen weitere, lästige Naturlaute zu sein.

Ich habe gesagt: *Ich fahre ein paar Kilometer mit*, sagt Die Frau und wendet sich von ihm ab.

Er sieht sie kurz an und erinnert sich, an ihr vorbeigefahren zu sein. Mit gesenktem Kopf ist sie auf dem Standstreifen vor sich hin gestampft und er hat sich gefragt warum, denn da hat schon seit einigen Kilometern kein Pannenauto gestanden. Der einsame Handlungsreisende und die einsame junge Frau kommen auf der Straße zusammen, denkt Meisner. Ein verkitschter Tagtraum, tausendfach abgespult, an grauenhaften Abenden in grauenhaften Provinzhotels, von mir und anderen grauen Männern mit vergleichbar ärmlichem Bilderfundus.

In ein paar Minuten ist dieser Wetteranfall vorbei. Dann steigen Sie bitte wieder aus.

Was weißt Du schon von Anfällen.

Behalt deine Weisheiten für dich, denkt er und versucht, das Wort *Konzentration* zu umzingeln.

Während die Wasserwand in traditionellen Landregen ausdünnt, löst der Stau sich auf und Meisner ist gezwungen, schneller zu fahren. Das macht ihn noch missmutiger, denn er hat an der Langsamkeit Gefallen gefunden. Auch mag er die grünen Hügel im Westen nicht, haben sie doch die saubere Fuge zwischen Acker und Himmel zerstört. Ein Schild kündigt eine Ausfahrt an. Meisner fährt ungefähr Tempo Hundert, als sie ihm ins Lenkrad greift. Der Wagen schliddert über den Standstreifen und kommt in der Ausfahrtkurve zum Stehen.

Du hast sie doch nicht mehr alle. Was willst du Arschloch denn?

Ich will etwas ganz Normales. Ich will in den Wald. So wie alle anderen.

Hinter Meisners Auto hupt es. Er fährt auf die Landstraße und steuert den nächsten Parkplatz an. Der Regen ist wieder stärker geworden.

Raus.

Würde ich mir gut überlegen. Der Parkplatz ist voll mit Leuten, die bestimmt ganz geil darauf sind, einer jungen Frau zu helfen, die von einem alten Sack sexuell belästigt wird.

Meisner fährt in Richtung Wald. Ich reiße mich zusammen, denkt er, ich beschimpfe die nicht, ich werde diesem infamen Drecksweib irgendwie anders beikommen. Ich rede jetzt erst mal gar nichts, verstockt sein kann ich mindestens so gut wie die. Ich kann nichts dafür, es gibt keinen Grund zum Selbsthass, das kann doch wirklich jedem passieren, dass er von einer Irren als Geisel genommen wird. Das hat doch nichts mit mir zu tun.

Die Sonne sticht durch einen Wolkenbatzen wie ein Stilett und Meisner verliert fast die Kontrolle über den Wagen. Aus der Sonne scheint ihm Gift, aus der Welt Aggression zu triefen – weißglühende Wasserlachen, Bremsattacken, rote Schreigesichter hinter verdreckten Windschutzscheiben. Inmitten des Gehupes und Gebrülls beginnt sie zu singen. Total eclipse, it's a total eclipse, it's a total eclipse of the sun … Sie versucht sich als Sopranistin, Meisner erinnert es an eine Kreissäge. Seinen Körper durchziehen brennende Lunten.

Fahr da links rein. In den Wald! Wir haben noch zwanzig Minuten. Hier beginnt die Kernschattenzone. Wir werden es schaffen.

Um sie zu provozieren trödelt Meisner in gemächlichem Fußgängertempo über eine Forstpiste. Dann hält er an. Der Wald ist mit Autos verrammelt, Menschen bauen Campingtische auf, stellen Picknickkörbe drauf und scherzen über das plumpe Design ihrer Schutzbrillen.

Fahr weiter rein, ich will allein sein.

Geht nicht weiter.

Da fahren doch noch welche.

Das sind Allradautos, geh doch zu Fuß.

Was hast du für ein Scheißauto.

Was hast du für einen Scheißcharakter.

Wir brauchen Sekt. Du hast doch hoffentlich an Sekt gedacht. Wir werden eine einsame Lichtung finden, ich bin eine geübte Waldgängerin. Ich kann die Spuren der Tiere lesen, die Spuren der Rehe und der Wildschweine. Vergiß den Sekt nicht!

Sie steigt aus und stampft auf eine Fichtenparzelle zu, Meisner startet den Wagen und legt den Rückwärtsgang ein. Sofort pfeift sie durch die Zähne, deutet auf die sich neugierig umdrehenden Menschen und macht eine unmissverständliche Geste. Es hat also doch mit mir zu tun, denkt er, es geht darum, ob ich etwas bewältigen kann. Er rangiert das Auto zentimetergenau an eine Eiche, geübte Fahrer werden daran vorbeikommen, und denkt dass sich jetzt etwas lösen werde. Er wird mit der Irren gehen, ein kleines, exklusives Weltsegment betreten und dort in einem starken Sinne *handeln*. Das wird eine Klarheit bewirken, die ihn wiederum befähigen wird, in der Restwelt ein zweites Mal zu ankern. Meisner erinnert sich an den Champagner im Kofferraum, ein Präsent für jenen potentiellen Kunden, den er genau jetzt von den Vorteilen gewisser Produkte hätte überzeugen sollen.

Ich wusste doch, dass du an den Sekt denkst. Die Frau stampft durch die Fichtenplantage. Auf dem schlammigen Waldboden liegt knochenfarbenes Holzgerümpel. Als habe jemand ein killing field umgepflügt, denkt Meisner und trottet hinter ihr her. Das Lachen und die Motorgeräusche vom Parkplatz gehen in einer sanften Tonblende in Drosselgesang über, durch den toten Fichtenverhau ist unbestimmtes Grün zu erahnen. Die Frau hockt im Schneidersitz auf einem bemoosten Sandsteinfindling.

Das ist unsere Lichtung. Wir haben noch fünf Minuten. Sie setzt sich eine Schutzbrille auf, das Zeug verkaufen sie seit Wochen überall, denkt Meisner, was habe ich mit dieser Eventscheiße zu schaffen.

Ottos Mops trotzt also. Warum setzt sich Ottos Mops keine Schutzbrille auf? Weil er etwa keine hat? Wie dumm von Ottos Mops, denn heute wird die Sonne schwarz, und das ist schon etwas Besonderes, sogar aus Mopsperspektive. Ottos Mops ist halt ein Ignorant. Aber genau deshalb habe ich ihn mir ja geladen. Wenn die Sonne schwarz wird, ist es gut, einen treuen Mops dabei zu haben, damit einen nicht etwa die starken Emotionen überwältigen. Mach den Sekt auf!

Sie mag diesen dicklichen alten Mann nicht, der in der Enge des Autos nach Schwefel gestunken hat und ihr jetzt die Champagnerflasche reicht. Sie riecht daran, der Inhalt scheint in Ordnung zu sein. Wenn man solchen Menschen klare Regeln vorgibt und Grenzen setzt, denkt sie, dann funktionieren sie wie man es wünscht. Ich bin der schwarzen Sonne nah, der erste Idiot hätte es fast vermasselt, aber der hier ist ein verlässlicher Chauffeur. Davon abgesehen ist einer so gut wie der andere.

Du liest Tierspuren. Hast Du welche gefunden? Vielleicht sogar von deinen Fressfeinden? Es wäre interessant zu wissen, welche Spuren du einmal hinterlassen wirst. Einen Gestank nach verbrannten Synapsen? Ist mir gerade so eingefallen, keine Ahnung, ob das überhaupt riecht.

Der Sekt ist gut. Wenn die Sonne schwarz wird, ist alles erlaubt. Dann können wir die Moralmaschine neu justieren, total reset. Wir haben nicht oft diese Gelegenheit.

Aber es ist doch vermutlich blöd, wenn sich eine Wolke vor das Spektakel schiebt, so wie jetzt gerade. Oder gilt das dann trotzdem, dass alles erlaubt ist? Du erlaubst Dir sowieso schon ziemlich viel, und das hat bestimmt nichts mit dem Kosmos zu tun.

Möpsen ist das Wort Kosmos verboten.

Sie schaut in die Wolke. Gleich werden die Tiere verstummen. Dann habe ich exakt eine Minute. Es wird gelingen. Time to reset.

Meisner reißt ihr die Champagnerflasche aus der Hand und schlägt den Flaschenhals gegen einen Stein. Sie zittert und schluchzt. Meisner schaut in die Wolke. Das ist jetzt schlecht, denkt er, diese Heulerei ist ganz schlecht. Das hat mich schon immer in der Enge verkeilt, wenn jemand heult, da ist an Handeln nicht zu denken, da ist gar nichts zu denken für mich Deppen. Handeln heißt weiterhandeln können, aber auch aus dieser Situation folgt nichts, wie aus allen anderen. Sie ist dermaßen absurd, dass ich niemandem davon erzählen könnte, und es folgt *nichts*. Er wirft den Flaschentorso ins Dickicht und umkreist, den Kopf gesenkt, die Lichtung. Laut und nachdrücklich redet er mit sich selbst. Die plötzliche Dunkelheit nimmt er ebenso wenig wahr wie die Stille. Die Wolke hat sich verzogen, über dem Wald steht die schwarze Sonne.

Im Steilhang über der Lichtung findet sie eine Quelle. Sie säubert das beidseitig geschliffene Messer, das früher zur Schächtung von Schafen gedient hat, wäscht ihr Gesicht und leckt am nassen Moos. Unter das Plätschern des Rinnsals mischen sich Gurgelgeräusche von der Lichtung. Ein Pirol grüßt das Licht, die Natur ist wieder erwacht.Auf ihre Trekkinghose hat sie eine Tasche genäht, die der Fasson des Messers exakt entspricht. Sie läßt es hineingleiten. Dann zieht sie ihr verspritztes T-Shirt aus und vergräbt es. Darunter trägt sie ein zweites, die Schweißflecken unter den Achseln stören sie nicht. Wind kommt auf, und die viel zu weite Hose flattert um ihre dünnen Beine, als sie durch die Fichtenplantage in Richtung Parkplatz flaniert. Die jungen Männer verstauen gerade ihre Picknick-Ausrüstung im Kofferraum, als sich einem der beiden von hinten Hände über die Augen legen. Es fällt ihm leicht sich zu befreien und er ist gespannt, welche Freundin ihn da im Wald überrascht.

Wer bist *Du* denn?

Nicht so wichtig, nenn mich Frau. Bin hergetrampt, könnt ihr mich ein Stück mitnehmen?

Da schau her, *Die Frau*, sehr erfreulich, was einem da im Wald so über den Weg läuft, sagt sein Kumpel. Wir fahren in die Stadt, da läuft jetzt eine After-Eclipse-Party, hast Du Lust, Frau?

Klingt cool, sagt sie. Fahren wir.

Weltende

Der Kommissar wird überholt und registriert eine Arschlochgeste. Der Überholer hat den rechten Arm ausgestreckt und die Hand auf das Scheißlenkrad seines dummdeutschen Produkts gelegt, der Korpus des Fahrers ist nicht zu sehen, nur dieser entspannte Gruß an die Reichsautobahn, der Fahrer sitzt weitmöglichst weg von der Windschutzscheibe. Einst von Aristokraten als sogenannte Désinvolture erfunden, von einem Offizier (pour le mérite) literaturig aufgepeppt, Jahrzehnte später als Coolness demokratisiert, hat deren Geist bis heute kaum jemand verstanden, denkt der Kommissar, es geht ja um das Nichtdazugehören (Oi! Oi! Oi!), aber dieser Arsch in seinem dummdeutschen Produkt will das ja gerade nicht. Man soll seine Arschlochgeste ja sehen, diesen Projektarm auf dem Lenkrad.

Unter solch flüchtigen Gedanken fährt der Kommissar zur Klausur, in den Großen Wald, er tut das einmal pro Jahr und plant den Aufenthalt jeweils sehr gründlich. An diesem Tag hat halb Deutschland sich im Südwesten des Landes eingefunden, weil dort für gerade einmal zwei Minuten eine totale Sonnenfinsternis zu beobachten ist, somit wird der Große Wald (da zu weit östlich gelegen) leer sein, wer Natur (oder Spektakel) schätzt, wird an diesem Tag 250 Kilometer weiter westlich im Autobahnstau stehen, hat der Kommissar sich gedacht und ist gutgelaunt losgefahren.

Die Klause ist nur zu Fuß erreichbar, der kürzeste Weg vom Parkplatz würde vierzig Minuten dauern, der Kommissar entscheidet sich für den Siebzig-Minuten-Weg. Als der Große Wald sich an der seit

Kindheitstagen vertrauten Stelle lichtet, schaut der Kommissar in einen frühen Herbst, der sich alle Mühe gibt, das Spektakel im Südwesten vergessen zu machen. Die tiefe Sonne färbt den Talnebel bengalorosa, die Landschaft ist in Zuckerwatte aus Feuer getaucht, darin ein Gewoge von Hörnern einer offenbar archaischen Rinderrasse, die Tierkörper sind nicht zu sehen, nur das sinnfreie Ballett des Gehörns im Bengalonebel. In der Klause stehen zwei Literflaschen Silvaner bereit, der Wirt kennt des Kommissars Bedürfnisse und ist bereits zu Bett gegangen.

Es hat sich mit rosa, das Tal verschwindet. Der Kommissar dreht die gußeisernen Spiralen verwachster Kerzenständer hoch, jemand hat die Dochte der Kerzenstummel abgebrochen. Er schaut auf den zerfetzten Glühkolben des Gaslichtes über dem Vespertisch, dreht den Gashahn auf, hält sein Feuerzeug an den Glühkolben, die Flamme frisst sich durch die Gazereste, schließlich schwaches Licht. Er schreibt „Sonnenkind" in sein Notizbuch. Das poetologische Prinzip des Kommissars ist, auf ein angekitschtes Bild bzw. Wort zu warten, selbiges so lange anzuglotzen, bis er weiß, wie er er einen rechten Dreck daraus saugen kann. So stellt er es sich zumindest vor, der Ausdruck „poetologisches Prinzip" ist ihm genauso unterlaufen wie jetzt dieses Wort. Sonnenkind, na denn.

Er liegt auf dem Steinboden und hat längst vergessen, daß er die Tage zählen will. Immer wenn der Fraß, kalte Fertigpizza sowie eine Schale Wasser durch den Spalt geschoben worden sind, hat sich ein Tag geneigt. Er hat es vergessen. Anfangs hat er deutlich gesehen, die Augen hatten sich angepaßt und er hat die Insekten und Spinnen verscheucht oder getötet, mehrfach hat er sogar Ratten mit Steinen erschlagen, er war trotz der Fußfesseln sehr behende, anfangs. Nun hat er die Augen geschlossen, Viehzeug läuft oder kriecht über ihn, schmiert Scheiße über seinem Körper, es mag seine eigene sein, er nimmt es ohnehin nicht wahr. Er hat aufgehört zu essen. Manchmal singt er leise.

Außer dem Schleifen der Pizzapappe auf dem Steinboden kennt er nur Naturlaute, ein Tier schweift umher, schreit, wird massakriert, Blätterrauschen, Regen.

Doch diesmal ein anderer Naturlaut. Ein Baumstamm splittert, zerspleißt sehr langsam, das gedehnte Reissen beunruhigt die Tiere im Bunker, sie verlassen ihre Dreckecken und scharen sich um ihn. Etwas zerreisst in sein Gesicht, muntere kleine Tiere knabbern an seinen Augen. Es ist nur ein Rechteck, zwanzig mal dreißig Zentimeter, sie haben den Holzverschlag weggehebelt und den Lichttorpedo abgeschossen, wie in einer archaischen Hochkultur, pedantisch, minutengenau, sonnenverliebt.

Um 18 Uhr 30 explodiert der Bunker.

Die Sonne hat dich gewählt, Menschlein, sagt die Frau. Der war gut, plärrt einMann, übermütiges Johlen und Kichern. Jemand zerrt ihn an den Stiefeln aus dem Bunker und flucht über seinen Gestank, sein Körper knallt auf eine Stahlpritsche. Der Transporter fährt los und stinkt, als werde sein Motor mit Plastikabfällen betrieben. Sein Kopf schlägt gegen die Pritschenwände, es ist eine sehr schlechte Straße. Schließlich schiebt ihn jemand von der Pritsche, es stinkt nach Gülle, es ist still. Etwas Warmes drischt sein Gesicht zu Brei. Und jetzt machen wir dich fein, *sagt die Frau. Mein Prinz. Beiläufig tritt sie ihm in die Seite, sie trägt Arbeitsschuhe mit Stahlkappen. Leise beginnt er zu singen.*

Oh wie schön, sagt die Frau und stimmt ein. Fremd bin ich eingezogen, fremd zieh ich wieder aus. Das ist nicht harmonisch, sagt der Mann, es klingt nicht zusammen. Er kriegt halt nichts mehr mit, mein Prinz, sagt die Frau und tritt ein weiteres Mal zu. Der Mann, ein Lakai, dreht den Wasserhahn auf und spritzt das Bündel Mensch mit einem Gartenschlauch ab, es soll nicht mehr stinken, wenn er ihm die Kleider vom Leib reißt. Auf seinen eiskalten Körper rinnt Wachs, auf Brust, Genitalien und Oberschenkel. Er wird wach vor Schmerz, öffnet die Augen. Er nimmt nicht wahr, sondern auf: Schwarzeitrig marmoriert, die dunklen Haare im kalten Wachs, einer Nekrose gleich, der Lakai zerrt das Wachs weg, die Frau ist zufrieden, spuckt auf seine blutende Haut. Sagt „mein Rosenbub" und lacht. Dann ernst: Schön bist du, mein Prinz. Sie schmücken ihn. Ziehen ihm ein Rüschenkleidchen über, ein Balletröckchen, es spannt ein wenig – vielleicht ein Lorbeerkranz aus Plastik? fragt die Frau. Oder Weinlaub, so bacchusmäßig. das paßt doch zu seiner roten Fresse. Das ist doch nicht ernst genug, sagt der Lakai. Das soll doch ein Menschenopfer ... I-R-O-N-I-E sagt die Frau, hast du schon mal gehört, oder?

Seine Arme sind hinter dem Rücken mit Kabeln verschnürt, aber sonst hat er es bequem, sitzt aufrecht, sein Körper in Daunenkissen gelagert und von leichten Decken umhüllt, vielleicht Kaschmir. Vorn im Auto sind sie übermütig, scherzen und singen. Little darling, it's been a long cold lonely winter ...

düd düd! Little darling it seems like years since it's been here ...

Seine Augen sind verbunden, die Schwaden ersticken ihn schier. Er denkt über den Geruch nach, endlich denkt er „Weihrauch", woraufhin Darm und Harnblase ihren Dienst tun resp. versagen, je nach Blickwinkel. Begeisterungsrufe von vorn: Du hast losgelassen, mein Prinz! Dein Wollen hat ein Ende! Nun bist Du Ihrer würdig! Bald wirst Du eingehen in Ihr Reich!

Das Auto rollt auf das Werksgelände, sie fährt auf den Ofen zu, der sechzig Meter hoch in die mondhelle Nacht ragt und wie fernes Gewitter klingt. Keine Menschen, dafür garantiert der Lakai, er hat den Dienstplan geschrieben und sich für die Nachtschicht eingetragen.

Zugluft, das Gewitter ist jetzt sehr nah. Er wird getreten, taumelt gegen eine Kante, das rechte Schienbein bricht, der Lakai reißt ihn hoch und schleppt ihn weiter. Es wird wärmer und sie nimmt ihm die Augenbinde ab. Er ist nur leicht geblendet und staunt.

*So wäre die Welt schön, denkt er, ein ruhiges Pulsieren, goldorange, flüssiges Licht. Das Eine, Positive, Diesseitige. Es leckt nach mir, fast scheu. Es ist ohne Arg, der ganze Dreck nicht einmal eine Möglichkeit. Die Welt vor dem **Weil Er wollte**. Es ist schön. Die Frau tritt ihm in die Lende.*

Was passiert eigentlich mit einem Körper, wenn er in 1800 Grad heißes Flüssigeisen fällt, fragt sich der Kommissar. Zischt oder spritzt da noch was? Bleibt irgendwas übrig? Macht die Fleisch- und Knochenbeigabe schlechten Stahl? Ich frag mal den Rechtsmediziner, vielleicht fällt dem ja was ein.

Wars das jetzt mit der story? Der Kommissar trinkt, dreht sich eine Zigarette und schaut in die Nacht.

Dramatis personae

Irina Studentin, Gelegenheitsprostituierte, Opfer sexueller Gewalt und Racheengel. Nimmt 1997 den Namen ihrer Freundin Cleo an.

Cleo Studentin, Gelegenheitsprostituierte, Opfer sexueller Gewalt, Gelegenheitsmörderin und Psychiatriepatientin. Nennt sich seit 1997 Die Frau. Begeht 2009 gemeinsam mit Lothar Berger Selbstmord.

Der Kommissar Althooligan, Kriminalhauptkommissar und Geschichtenerfinder.

Persönchen Heißt Simone, geht in das selbe Fußballstadion wie der Kommissar und hat diesen mal geheiratet.

Lothar Berger Psychiatriepatient, Art-Brut-Künstler, begeht 2009 gemeinsam mit Der Frau Selbstmord.

Herbert Maschinenbauunternehmer, Alter Herr der Studentenverbindung Franconia, liebt Irina vergeblich.

Mircea Creangă Rumänischer Schwerverbrecher. Freundet sich 1995 mit Irina an, verübt 2002 Selbstmord.

Ludwig Ein junger Mann. Stahlwerksarbeiter, Irinas späte Liebe und Lakai. Verübt 2010 Selbstmord.

Hubert Geh Unternehmer. Stammt aus Irinas Dorf. Verschwindet 2009 an der A 391, erreicht aber vermutlich einen Rastplatz an der A 45.

Frank Siegmund Hubert Gehs Bruder. Gelegenheitsjobber. Stammt aus Irinas Dorf. Verschwindet 2008 auf einem Rastplatz an der A 45.

Martina Greifer Ehemalige Puffmutter mit Kontakten in die arabische Welt. Verschwindet 2009 auf einem Rastplatz an der A 45.

Siegfried Berlinger Leitet eine Werbeagentur, tarnt sich bisweilen als Arzt. Verschwindet 2008 auf einem Rastplatz an der A 45.

Edelbert Habermehl Anwalt. Tarnt sich bisweilen als Arzt. Verschwindet 2008 auf einem Rastplatz an der A 45.

Die Hexenkapelle Auch Blutkapelle genannt. Oberhalb von Irinas Dorf gelegen.

Der Große Wald